生徒会の七光

碧陽学園生徒会議事録7

葵せきな

ファンタジア文庫

1610

口絵・本文イラスト　狗神煌

生徒会の七光

碧陽学園生徒会議事録7

【プロローグ〜偽装《ぎそう》夫婦の宿泊《しゅくはく》〜】

「杉崎飛鳥《すぎさきあすか》で予約したものですが」

「あ、杉崎様ご夫妻《ふさい》でございますね。お待ちしておりました。ではお部屋にご案内致《いた》しますので、こちらへどうぞ」

「はいはい。……ん？　ほら、いくわよ、あ・な・た」

振《ふ》り返り、パチンとウィンクする飛鳥に思わず拳《こぶし》が出そうになったが、残念なことに俺《おれ》の両手は今自分の荷物と飛鳥の荷物で塞《ふさ》がっていたため、「にこぉぉぉ」と歪《いびつ》な笑《え》みを返すだけに止《とど》まった。

上機嫌《じょうきげん》そうに旅館の中を観察しながらも仲居《なかい》さんについていく飛鳥を眺《なが》める。

……最後に会った約二年前よりも、断然大人《おとな》っぽくなった容姿《ようし》。中学時代からその発育の良さはよく林檎《りんご》を落ち込《こ》ませていたものだが、今や完成の域《いき》に来たと言っても過言《かごん》ではない。高身長、巨乳《きょにゅう》、みたいなタイプでもないが、とにかく、バランスがいい。

また、旅館に入る直前にいつものポニーテールを解《ほど》いたため、今は余計に大人びた印象を受ける。まあ……今考えれば、それこそ作戦だったんだろう。

俺は荷物を運びつつ彼女の横に付き、「おい」と、小声ながらも怒気《どき》を孕《はら》ませて飛鳥に声をかける。

彼女は、「んー」とニッコニコしながら振り返ってきた。

「なーに、あ・な・た」

「なにじゃねえよ。貴女様《あなた》は、いつから杉崎飛鳥になられやがりましたか」

「二年前……私があの子を、堕《お》ろした日に、かな」

「うん、なにそのハードな捏造記憶《ねつぞうきおく》！　俺達の馴《な》れ初《そ》め、かなり壮絶《そうぜつ》そうだな！」

「まあまあ、いいじゃない。いつものことだし♪」

「いつものことだから、余計に注意してんだよ！　相変わらずお前の辞書に反省《はんせい》の二文字はねぇのか！」

「『唐突《とうとつ》』の二文字で面積とりすぎてしまったかしら」

「そのようですねぇ！」

——と、そんな言い争いをしていると、不穏《ふおん》な空気を感じたのか、くるりと仲居さんが振り返った。

「お二人は、ご夫婦……でしたよね？」

『はい』

「そうですよね。ごめんなさいね。お二人とも、とてもお若く見えまして。新婚《しんこん》さん……ですよね？」

『ええ』

「では、新婚旅行といったところでしょうか」

『三日前に入籍《にゅうせき》したばかりなんです』

「あらあら、まあまあ。羨《うらや》ましいですねぇ。息もぴったりで。私の新婚の頃《ころ》なんて……」

そのまま、仲居さんが自分語《がた》りに入ってしまったため、俺はホッと胸《むね》をなで下ろす。

くいくいと俺の脇腹《わきばら》を軽く肘《ひじ》でつつきつつ、飛鳥が、小声で声をかけた。

「三日前に入籍したばかりです、だって。だって」

ニヤニヤ。……こいつぁ……。

「く……うるせぇなぁ。もうここまで来たら、夫婦設定通すしかねぇだろうが。高校生の男女二人で泊《と》まりに来てるなんて、バレたらどうなることやら……」

「うむうむ。ケンは相変わらず臨機《りんき》応変《おうへん》で、わらわは満足じゃぞ」

「左様《さよう》でございますか。ところで、どうしてこんな臨機応変な人間になったか、心当たりはございませぬか、姫《ひめ》」

「あ、ケン、見て。トイレだよ」

「話の逸《そ》らし方が雑！　折角《せっかく》旅館にいるのに、なにその注目点！」

「トイレ見ると思い出すね。ケンが血まみれでプロポーズしてくれた、あの日のこと」

「だから、俺達どういう馴れ初め設定⁉」

流石《さすが》に声を荒《あら》げすぎたのか、再び、仲居さんがくるりと振り返る。

「あの、お二人は新婚さん……なんですよね？」

『はい、片時も離《はな》れたくないぐらい、ラブラブです』

そう二人で言った時には、既《すで》にガッチリお互《たが》い指を絡《から》めて手を握《にぎ》りあっており、それを、まざまざと仲居さんに見せつける。

「あらあら……。……？　あれ、指輪は——」

『手を繋《つな》ぐのに邪魔《じゃま》なので、むしろ、はずしているんです』

「そ、そうなんですか……。本当に、仲がよろしいんですね」

『ラッブラブです』

いちゃいちゃいちゃいちゃいちゃ。俺達にあてられたように、仲居さんが前を向く。その瞬間《しゅんかん》、俺達はお互いの手をぎゅっと……ぎゅぎゅぎゅ————ぅっと、相手の手の甲《こう》に爪《つめ》が食い込むほど、握りあった。

「夫婦設定するなら、指輪という小道具の一つぐらい事前に用意しておけませんかねぇ、飛鳥さんや」

「んー、そもそも、一体、誰《だれ》の不注意のせいで、仲居さんが振り返ってしまったと思ってるんでしょうねぇ、あ・な・た？」

バチバチバチバチバチバチ。ギリギリギリギリギリ。続く小競《こぜ》り合い。顔を思いっきりしかめ、ガンを飛ばし合う俺達——

「さあ、お部屋に着きましたよ、お二人とも」

『わあ、素敵《すてき》な部屋ですね！　ありがとうございます！』

ニッコニコ！　俺達はラッブラブな様子で、自分達に宛《あて》がわれた部屋へと、凄《すさ》まじくいちゃつきながら入室していった。

＊

「では、ごゆるりと」

そう言って仲居さんが出て行き、部屋には、俺達二人だけが取り残される。

俺は荷物を部屋の隅《すみ》に置き、窓側のチェアに思い切り腰《こし》を下ろした。昨日《きのう》の今日でこの長距離《ちょうきょり》移動である。正直《しょうじき》、ぐったりだ。

飛鳥はと言えば仲居さんが去った途端手際《とたんてぎわ》よく髪《かみ》を纏《まと》めだし、いつものポニーテールに戻《もど》していた。彼女は昔からそっちの方が落ち着くらしい。身だしなみを整えている幼馴染《おさななじみ》をジッと見ているのもばつが悪く、俺は視線を窓の外へと移した。

高台にあるらしいこの旅館の窓の外に見えるのは、古風な町並《な》みと、ところどころからわき出ている湯気《ゆげ》だった。飛鳥に言われるがままに来たから地名とかはよく分からないが、なにやらそこそこ有名な温泉町らしい。癒《いや》されると言えば癒されるが、高校生の男女二人で来るにはあまりに渋《しぶ》すぎる。まあ、飛鳥だから仕方ないけど。

チェアに体重を預《あず》けてぐったりしていると、唐突に、後ろから抱《だ》きしめられた。俺の首《くび》筋《すじ》に豊満《ほうまん》な胸を当て、そして耳元で、くすぐるように、一言。

「二人っきりだね……」

「二人っきりだな」

「ねぇ、ケン。愛し合う夫婦が、二人きりで、一つの部屋……。することは、決まってるわよね」

「そうだな。決まってる」

俺は間近の飛鳥の顔へと振り向く。顔の距離、数センチ。その状態でお互い少し沈黙《ちんもく》し

……そして……二人……ハモる。

『勝負』


瞬間、飛鳥は俺の対面のチェアに陣取《じんど》り、そして、既《すで》に部屋から探《さが》し当てていたらしい、将棋盤《しょうぎばん》を広げる。

「将棋かぁ。これは飛鳥に分《ぶ》がありそうだな」

「ほっほっほ、脳筋《のうきん》のケンには、酷《こく》な競技だったかな？」

「おいこら、なんで俺が脳筋キャラになってんだ。そりゃ頭脳《ずのう》ゲーム系《けい》はお前が強いけど、別に俺が脳筋なわけじゃねーし」

反論しながら、自分の駒《こま》を並べる。飛鳥もまた、自陣《じじん》にパチパチと駒を配置していた。

しかし、俺が素早《すばや》くちゃっちゃと配置しているというのに、飛鳥のヤツは、なぜか途中《とちゅう》で手を止めた。

「どうした？　早く並べろよ――」

「ふっ、相変わらず甘いね、ケンは。勝負は、既に始まっているのよ」

「なんだって⁉　く、そうか。これはつまり巌流島《がんりゅうじま》の武蔵《むさし》と小次郎《こじろう》のような――」

「よし、今回私はあえて、飛車《ひしゃ》の位置を、真ん中の歩《ふ》と入れ替《か》えて配置するわ！」

「な、なにぃ！　って、ダメだから！　将棋に、初期配置変える要素ないから！」

「アンタ……この二年の間に、すっかり変わっちゃったね……」

「飛鳥……って、なんだよこの急なシリアス！　今のに関しては、二年前の俺でも余裕《よゆう》で同じツッコミをしたわ！」

「よし、じゃあ将棋やめて、まずは会話でもしよっか！」

「相変わらず切り替えが唐突だな、おい！」

飛鳥が飽《あ》きてしまったので、俺は仕方なく将棋を片付ける。……片付けるのはいつも俺。

飛鳥はと言えば、ただニタニタ笑っていた。

「この不戦勝により、松原《まつばら》飛鳥、一歩リードっ！　わー！　やぁやぁ、どうもどうも」

「出た！　『自分発信自分放棄《ほうき》自分勝利自分賛美《さんび》』！」

これぞ究極《きゅうきょく》の自己《じこ》完結コンボ！

「私の必殺技《ひっさつわざ》の一つだね！」

「反則技《はんそくわざ》の一つだよ！」

「今日の飛鳥さんレクチャー、その1！『松原飛鳥の必殺技は、杉崎家の人間に効果抜群《ばつぐん》だぞ』」

「うるせぇよ！　いい加減《かげん》、そのエセポケ○ン博士《はかせ》みたいなレクチャーコーナー、やめろ！　うちの義妹《いもうと》、お前のレクチャーコーナーで何回騙《だま》されたと思ってんだ！」

「良い教え子って、ああいう子のことを言うんだろうね」

「最低の教師って、お前みたいなヤツのことを言うんだろうな！」

「まあまあ。そんな反応《はんのう》しながらも、私と遊べて本当は嬉《うれ》しい癖《くせ》に。そんなに嬉しいなら、いつもみたいに、裸《はだか》で踊《おど》っちゃいなさいな」

「うん、サラッと俺に変なキャラつけるのもやめてくれるかな」

「ねえ、久々にあれ見せてよ。貴方《あなた》が昔から得意だった……全力眼球飛ばし」

「俺そんな異常な特技ありませんけどっ！」

「ごめんごめん。えへ。ついつい元恋人《こいびと》の思い出を美化しちゃうことって、女の子には、よくあることなの♪　てへりんこ」

「美化した結果がそれなの⁉　あと、お前の可愛《かわい》い子のイメージうぜぇ！」

「価値観《かちかん》の相違《そうい》なんて、いつものことじゃない」

「まあいつものことだけど」

　そんな話をしながらも、せっせと手を動かした結果ようやく将棋の駒を片付け終わり、俺は、将棋盤をテーブルから床《ゆか》へと下ろす。ふぅ……一苦労だぜ。

　そんな俺のかいがいしさに感心したのか、飛鳥は、ふっと微笑《ほほえ》み……。

「じゃ、将棋でもしよっか！」

「悪魔《あくま》か！」

ボケかと思いきや、どっこい。飛鳥は本当にまた将棋盤をテーブルの上に広げ、駒をごちゃごちゃっと盤の上にひっくり返した。

「……んふぅ。いいにゃぁ……」

「俺の絶望に恍惚感《こうこつかん》じるの、いい加減やめてくれませんかねぇ！」

「他人の不幸は蜜《みつ》の味。ケンの不幸はにぼしの味ってね」

「微妙《びみょう》じゃね⁉ その程度の味のために、俺毎回絶望させられてんの⁉」

「まあ別にドSというわけでもないし……。でもなんていうか、こう、ケンの不幸はクセになる感じ？」

「そんな惰性《だせい》で不幸にしないでくれますかっ！」

「ケン、ほら見て。窓ガラスよ」

「話の逸らし方が相変わらず雑！」

「あー、なんかフォアグラ食べたいなー。食べたことないけど」

「唐突《とうとつ》！　お前はあれか！　落ち着きの無い子かっ！　未《いま》だにそんななのか！」

「今日の飛鳥さんレクチャー、その2！『松原飛鳥が迷惑《めいわく》をかけているのは、杉崎鍵《けん》氏に対してのみなのだ。基本的に一般《いっぱん》人には、とてもやさしいお姉さんだぞ』」

「迷惑かけてる自覚あんじゃねえか！　じゃあ自粛《じしゅく》して貰《もら》っていいですか！」

「謹《つつし》んで、お断《ことわ》り致《いた》します」

「丁寧《ていねい》に断られた！」

飛鳥は喋《しゃべ》りながらも、将棋盤の上に広がった駒を手に取る。そして、大きい駒から一枚一枚、盤の上に積《つ》み上げ始めた。安物なのか駒の表面に角度はなく、それが故《ゆえ》に、結構な高さまで積み上がる。……ぐらぐら、ぐらぐら。歩《ふ》をちょろちょろ付け足し……そして、いよいよ限界というところまで達した。……なにしてんだ、こいつは。

「……これが倒《たお》れる時。ケンの命も、終わるわ。しくしく」

「唐突な設定だな、おい。なんで急に命の危機なんだよ、俺」

「えい」

「なんの躊躇《ちゅうちょ》もなく突《つ》いた！　さっきの涙《なみだ》はなんだったんだ！」

ガシャーン。倒れるタワー。……なんでだろう。別に飛鳥が捏造《ねつぞう》した設定を受け入れていたわけでもないのに、妙《みょう》に、ショックだ。……いや、しまった！　あまりに素早い流れで対応を忘れていたが、この絶望を表情に出したら……。

「……くふぅ……たーのしっ」

「悪魔かっ！」

「じゃ、将棋飽《あ》きたから、片付けていいよ、ケン。ほれほれ」

「悪魔かっ！」

「松原飛鳥、二歩リードっ！　二位との差は歴然！　松原選手、今年最高の笑顔です！」

「勝手に勝利の確信を得ないでくれます⁉　つうか今のノーカンだろ！」

「えぇー。相変わらず、ちっちゃい男だなぁ。そんなことじゃ、ケンのかねてからの夢である、『立派《りっぱ》な雑魚《ざこ》キャラ』になれないゾ☆」

「俺の最終目標ちっちゃ！」

謙虚《けんきょ》すぎる男だった！

とはいえ、なんだかんだ言いつつも駒が散乱しているのには耐《た》えられない、典型的A型の俺なので、仕方なく片付けを開始する。

そんな俺を見て、彼女はもう一度……今度は、自然な笑顔を浮《う》かべた。

「たーのしっ」

「…………」

……まったく。そんな風に笑われたら……俺、なんも文句言えなくなるじゃんか。

「二年前はお互《たが》いドローで別れたからね。ちょっと失敗したかなーと思ってたんだ」

「失敗？　何が」

「だって、ケンとドローって、私にとって最大の屈辱《くつじょく》だもの」

「うん、今俺はお前の口から最大の屈辱を受けたけどね」

「あ、か、勘違《かんちが》いしないでよね！　わ、私が万能《ばんのう》人間なのと、あ、アンタがどうしようもなく能力低いだけ、なんだからねっ！」

「ツンデレ気味フォローに見せかけた酷《ひど》い追い打ち喰《く》らった！」

「その状態が二年よ、二年。想像を絶する苦痛だったと言っても、過言ではないわ」

「俺は今、お前の言葉が想像を絶するほど苦痛なのですが。気付いて、いらっしゃるでしょうか」

「やーねー。気付いててやってるに決まってるじゃない」

「ですよね」

悪魔め！

駒《こま》を手早く片付け、再び向き直る。すると、飛鳥がどっこいしょと動き……。

「さて、じゃあ将棋《しょうぎ》でも——」

「しねぇよ！」

「……じゃらじゃらじゃらじゃらじゃらぁ」

「ツッコミしても止まらねぇって、ルール違反《いはん》じゃね!?」

びっくりすることに、飛鳥はまた将棋盤をテーブルに上げ、駒をぶちまけていた。そして、俺のリアクションにキャッキャと笑っている。

「ケン、サイコー」

「いやいやいやいや、お前がサイテーなだけだと思うぞ！」

「よっし、片付けよっと」

「…………」

そう言って、今度は自分でせっせと駒を片付け始める飛鳥。俺はその横顔を眺《なが》めながら……大きく、ため息をついた。

「はぁ。お前は相変わらずだな、飛鳥」

「そんなに美貌《びぼう》を褒《ほ》められると、照《て》れるね」

「いや、今そこ話題にしてないから」

くくく、と笑いながらも、飛鳥は俺よりも数段効率《こうりつ》よく、テキパキと将棋セットを片付ける。そうして、今度こそ、きちんと元あった場所にキッチリとしまい直した。

「よし、スッキリ」

「……まったく」

清々《すがすが》しい顔で笑う飛鳥に、苦笑する。……こいつは昔からこうだ。俺に迷惑かけることばっかりしてくるくせに、最終的には、自分なりのケジメをつけないと、終われない。今回のケースで言えば、「最後はちゃんと自分でお片付けをする」といったところだ。だから、最後のは俺を傷つけるためのボケじゃなくて、単純に、自分で片付けをするために将棋の駒をぶちまけただけ。

……つまり、総合的に見て、こいつのキャラを一言で言うなれば……。

「この年になっても、その『あまのじゃく』な性格は、治《なお》りませんか」

「おやおや、ケンは、『しおらしくなった飛鳥さん』でも期待してたのかな？」

「少しな。普《ふ》通《つう》、中学卒業から二年もあれば、そこそこキャラ変わるもんじゃないか？」

「紅葉《あかば》知《ち》弦《づる》さんみたいに？」

「『生徒会の一存』シリーズ読者かよ！」

「二巻だけ読んだよ」

「あまのじゃく！」

「私の人生、ケンの期待を裏切《うらぎ》ることに命賭《か》けていると言っても、過言じゃないわね」

「過言であってほしかった！」

「今日の飛鳥さんレクチャー、その3！『めっさ眠《ねむ》い』」

「急に⁉」

「というわけで、そろそろお布団《ふとん》敷《し》いて貰おうよ、ケン。……ふわぁ」

「いやいやいやいやいや、ちょっと待てぇい！　本題はどこ行ったんだ、本題は！」

「本題？」

キョトンとする飛鳥に、俺は、堪《こら》えきれなくなって、訊《たず》ねる。

「卒業式前日っつう、この糞忙《くそいそが》しくかつ大事な時期に、深刻《しんこく》なテンションの電話でここまで呼び出したのお前だろうがっ！」

「逆にね」

「なにが⁉　っつうか、駅で待ち合わせしてここまで来る道すがらも訊《き》いたけど、お前、『旅館についたら話すよ』の一点張《ば》りだったじゃねーか！」

「逆にね」

「だから何が⁉　つうか座布団並べて横になるのやめてくれます⁉」

「なんせ眠いからね」

「知るかっ！　俺をテキトーにあしらうのやめい！　話せ、色々！　急に呼び出したわけとか、生徒会どころか林檎にさえ連絡《れんらく》させてくれない事情とか……」

「……首が、こう、なんていうの、しっくりこないっていうか……。ねえ、あなた。そっちの座布団もう一枚とって」

「ほい……って、本格的に寝《ね》るなっ！　なに座布団で試行錯誤《しこうさくご》してんだ、てめぇ！」

「よっこらせと。……あー、いー感じ。あー、あー、あー、いいわぁ。……これで誰《だれ》かが足揉《も》んでくれたら、最高ね。……ちらっ」

「しねぇよ⁉　え、なに、この流れで俺が足揉む理由があると思ってんの⁉」

「……ごめん、ちょっと静かにしてくれる」

「なに本気でイラッとしてんの⁉　つうか起ーきーろ！」

「うにゃ――――」

畳《たたみ》に座布団並べて横になっていた飛鳥の背を、無理矢理起こす。すると、飛鳥はだらーんと力を抜《ぬ》いた様子で、今度は俺にもたれかかってきた。

それはまるで彼女に押《お》し倒《たお》されているような――いや、これはそんなロマンチックな説明じゃ違《ちが》うな。あれだ。むしろ酔《よ》っぱらいに絡《から》まれてるような状況《じょうきょう》だ。畳にへたり込んだ俺に、ぐでーんと、飛鳥がまとわりついている。

「ねーむーいー！」

「駄々《だだ》こねんな！　それ言い出したらこっちの方が眠いわ！　こちとら、お前が勝手に手配した飛行機に乗せられたりと、かなり大変だったんだからな！」

「……むにゃ」

「うぉい、俺の肩《かた》で寝るな！」

俺に抱《だ》きつくようなカタチで、飛鳥は肩に顎《あご》をのっけて、くたーとしてしまった。

そして……いい加減《かげん》イライラ来ていた俺の耳元で、そっと……多分俺に聞かせるつもりもなかったのであろう、呟《つぶや》きを、漏《も》らす。

「……たーのしっ♪」

「…………」

飛鳥の体重を受け止めながら、なんとなく、天井《てんじょう》を仰《あお》ぎ見る。

早く生徒会に帰りたいと思ってるのは勿論《もちろん》だけど。

ちくしょうめ。

俺も、この久々のじゃれあい、かなり楽しいじゃねーかよ。

【第一話～就職《しゅうしょく》する生徒会～】

「手に職をつけておいて、損《そん》はないのよ！」

会長がいつものように小さな胸《むね》を張ってなにかの本の受け売りを偉《えら》そうに語っていた。

「珍《めずら》しく、地に足のついた言葉ですね」

俺《おれ》が少し驚《おどろ》きながら言うと、会長は「失礼なっ」と憤慨《ふんがい》する。

「私はいつだって、地に足がついているよ！」

「えぇー。実際、その椅子《いす》に座《すわ》ってても、足ぶらんぶらんしてるじゃないですか」

高校生の平均《へいきん》身長に合わせた椅子に対し、彼女は小さすぎた。

「そ、そういう意味じゃないでしょ！」

「まあそうですけど。本当の意味の方にしても、ですよ。会長の足が地についていたことなんて、無いじゃないですか」

「なにその失礼な発言！　つきまくりだよ！　どっしーんだよ！」

「むしろふっわふわじゃないですか。放っておいたら、大気圏突入《たいきけんとつにゅう》する勢《いきお》いじゃないですか」

「私、そこまで軽く思われてるの⁉　まったく……」

会長はぷんぷんと怒《おこ》りながらも今日の議題をホワイトボードに記《しる》す。全《すべ》て書き終わったところで、知弦《ちづる》さんがそれを読んだ。

「『将来なりたいもの』？」

「うん！　今日はこれについて、皆《みんな》でしっかり話し合おうと思うの！」

小学生の作文テーマみたいなことを言い出した。いつものように役員達からため息が漏《も》れる。

「相変わらず、自信満々で生徒会に関係ねぇネタ提供してくるな……」

「むしろ真冬《まふゆ》達、ちゃんと働いていることの方が希《まれ》じゃないかな、お姉ちゃん」

俺のクラスメイトで同じ副会長の熱血《ねっけつ》少女、椎名深夏《しいなみなつ》と、その妹にしてインドア会計の椎名真冬ちゃんも、やる気を奪《うば》われた瞳《ひとみ》の色。

「一応訊《き》くけど、アカちゃん」

書記にして会長の親友である知的美人、紅葉《あかば》知弦さんが、会長へと確認をとる。

「今日のテーマは、学校の行事とかに関係は――」

「ないよ！」

「そうよね」

知弦さんは、もう今更落胆《いまさららくたん》もしないといった様子で、その答えを受け流していた。俺達もまあ、似《に》たような心境だ。

会長はといえば、今日も今日とてその小さな体を椅子にふんぞり返らせている。

「生徒会の長として、役員達がちゃんと将来を考えているのか、把握《はあく》しておかないといけないと思ったの！」

「思っちゃいましたか」

相変わらず脈絡《みゃくらく》がない人だ。そして俺も他メンバーも、この人に将来の心配だけはされたくない気がした。

深夏が「けどよぉ」と不満な様子で抗議《こうぎ》する。

「なんか前もそんな話しなかったっけか。ほら、鍵《けん》が、ホストになりたいやらエロゲ作りたいやら言ってたり、会長さんが最終的に地球を支配する構想《こうそう》あったり」

「うん、やったたね。深夏が、お嫁《よめ》さんになりたいんだっけ？」

「こ、こほん！　とにかく、この話題は前もやったろ！　だから……」

「甘いわね！」

会長は、バンッと机を叩《たた》く。……ちなみに、たまに後で「手が痛い痛いだよぅ……」とか言って知弦さんにさすって貰《もら》ったりしているのは、ここだけの話だ。

「今日は、より具体的に、どんな職につきたいのかを考えるのよ！」

「具体的に……ですか？」

真冬ちゃんが首を傾《かし》げる。会長は「そう！」と今日も張り切っていた。

「早い段階からちゃんと目指《めざ》す職業を決めておけば、なにかと有利なのよ！　むしろ、漠《ばく》然《ぜん》と生きてたら、真冬ちゃんみたいになっちゃうのよ！」

「どーいう意味ですかっ！」

『それは確かに困《こま》るな（わね）……』

「皆《みな》さん⁉」

急に真冬ちゃんアウェーだったが、確かに会長の言うことにも一理あるのだ。俺はハーレム王という夢を持って全力で生きているが、実際問題、周囲には全《まった》く目標も無く漫然《まんぜん》と生きている生徒が沢山《たくさん》いる。それは必ずしも怠慢《たいまん》ではないけど、しかし、彼らの日常が充《じゅう》実《じつ》してると言い難《がた》いのも事実。具体的な目標は、あった方がいいとも言える。

「真冬ちゃんみたいになってからじゃ、遅《おそ》いですもんね……」

「先輩《せんぱい》⁉　今、なんかサラッと真冬の心を斬《き》り裂《さ》いて行きましたよね⁉」

「そうだな。あたしもそろそろ、ちゃんと考えよう！」

「お姉ちゃん!?　今、明らかに真冬を見て決意したよね!?」

「目が死んでいる子は、生徒会に二人もいらないというわけね」

「紅葉先輩！　一人は、誰《だれ》のことを指《さ》しているのですかっ！　ねえ！　ねえったら！」

相変わらず不憫《ふびん》な真冬ちゃんを無視して、会議は進行されていく。

会長は、「ではっ！」と仕切った。

「皆、具体的に何になりたいか考えて、一回、会話だけでもシミュレーションしてみようじゃない」

「ああ、それは面白《おもしろ》そうですね。よし、じゃあ早速《さっそく》、俺のハーレム王という職業をシミュレーションしてみて——」

「杉崎《すぎさき》以外で、シミュレーションしてみたい人ー！」

「ふ。……そういうことですか、会長。貴女《あなた》はこう言いたいわけですね。既《すで》にこの生徒会はもうハーレム状態、会長達は俺にメロメロなもんだから、これ以上シミュレーションも何もあったもんじゃないという——」

「そういうことなら、会長さん！　あたし、やってみたい職業あるぜ！」

「お、いいわね、深夏。やってみようじゃない」

「…………」

最近、俺のセクハラへの対処法が「無視」というカタチで確立されつつあるんですが。誰か、助けて下さい。ちょっと泣きそうです。俺みたいなお調子者属性《ぞくせい》は、スルーされるのが一番辛《つら》いんです。

完全無視状態だとボッキリ根本《ねもと》から心が折れそうなので、俺は、仕方なく議題に沿《そ》ったカタチで会話に入って行く。

「……で。深夏、何やりたいんだ？　お前、あんま夢とかなかったんじゃ？」

「それとこれとは話が別だぜ、鍵。リアルに考えたらあたしは真冬を養《やしな》うためにも堅実《けんじつ》なOLだが、しかし、『やってみたい職』ってんなら、そこそこあるんだぜ」

「お嫁さんか。どれ、だったら俺が新郎《しんろう》役をやってやろ――」

「バッ、ちげぇよ！　そうじゃねぇよ！」

「なんだ、深夏はお嫁さんになりたくないのか？」

「い、いや、お嫁さんにはなりたいけど……って、そうじゃねぇ！　あたしは、もっと他の職業がやってみたいんだっ！」

「他の職業？　なんだよ。相手役なら、やってやらんこともないが」

「お、そうか？　じゃあ付き合って貰おうかな」

「おう。どんと来い」

　こうして、生徒会役員達の就職《しゅうしょく》シミュレーションが開始された。

シミュレーションその１　花屋・椎名深夏

　登場人物……花屋・椎名深夏

　　お客（サラリーマン・妻帯者《さいたいしゃ》）・杉崎鍵

お客「すいませーん」
店員「はーい」
お客「妻《つま》の誕生日に、花を贈《おく》りたいと思っているのですが……」
店員「まあ素敵《すてき》！」
お客「…………」
店員「お客様、なぜげんなりされた表情をなさるのですか？」
お客「だって深夏にそのキャラ無理がありすぎ——いや、なんでもないです。なんでもないので、とりあえず、拳《こぶし》を構《かま》えるのやめて下さい。え、ええと、そんなわけで、妻にどんな花を贈ったらいいか、見繕《みつくろ》って頂《いただ》きたいのですが」
店員「ええ。そういうことでしたら……。ふんふんふーん♪　ええと、これとこれと」
お客「……ちなみにどういう基準で見繕ってらっしゃるんですか？」
店員「あ、はい。奥様へのプレゼントとのことでしたので、テーマを『合体《がったい》ロボ』に設定して、見繕わせて貰っています」
お客「なんで⁉ なんで妻への花束がそのテーマの下《もと》製作されてんの⁉」
店員「ウィーン、ガッシャ。ウィーン、ガッシャ。チュイーン！　ビカビカー！」
お客「どういう手法使ったら花束からそんな擬音《ぎおん》が⁉　いや、もっと、可愛《かわい》いのにして下さいよ！」
店員「ええ？　そうですか？　仕方ありませんね。じゃあ、一度この全長百メートルの『超絶花神《ちょうぜつかしん》合体ハナサクダー』をバラさないと……」
お客「この数秒の間にどんだけ製作されてんの⁉　いいから、普通《ふつう》に花束作って下さい！」
店員「かしこまりました。じゃあ、これとこれとこれと、これで」
お客「お、どんな風に仕上がりました？」
店員「タンポポ四本輪《わ》ゴムで留《と》めました」

お客「子供!?　三歳児!?　ハナサクダーを作った技術は、どこいったんだ！」
店員「三万九千八百円になります」
お客「たっか！　これでその値段なら、ハナサクダーなんか……」
店員「十五円です」
お客「やっす！　とにかく、タンポポはやめてくれ！　もっと、普通の花束にして！」
店員「お言葉ですが、お客様。普通という注文が、一番、困るのです」
お客「う、一理あるな。じゃあ……妻への愛が、如実《にょじつ》に表現された感じがいいかな。ほら、ベタなので言えば、薔薇《ばら》の花束みたいな」
店員「かしこまりました。では……これと、これと、これと、これで」
お客「お、どんな風になりましたか？」
店員「はい、お客様の要望通り、薔薇をふんだんに使いまして……」
お客「お、いいね。じゃあそれで——」
店員「花文字で『呪』と描《か》かせて頂《いただ》きました」
お客「なんでだよ！　俺の妻への気持ち、どんだけ歪《ゆが》んでんだよ！」
店員「あ、すいません。『怨』の方がよろしかったですか？」
お客「そういうマイナーチェンジの問題じゃないから！　そもそも、花文字作るな！」

店員「奥様への気持ちが伝わりやすいかと……」
お客「俺、奥さんちゃんと愛してるから！　変なドロドロ設定、つけ加えなくていいからっ！」
店員「さようでございますか。では、こちらの、薔薇で般若《はんにゃ》を描いた力作《りきさく》を……」
お客「絵もやめい！　そしてなぜ般若！　チョイスがいちいちおかしい！」
店員「実写っぽいのがいいですか？　じゃあ、このスミレで描いた梅宮《うめみや》○夫《お》さんでも……」
お客「力作っ！　でもいらない！　全然いらないから！　俺どころか、梅宮さん自身もおそらくいらないからっ」
店員「うーん……お客様は、中々の困ったさんですね。世界でもトップクラスの超一流《ちょういちりゅう》技術を持つ、この、フラワーショップ椎名の商品に満足なさらないとは……」
お客「技術力が凄《すご》いのは認めるけどね！　その分発想力が残念だよね！」
店員「……うっせぇなぁ」
お客「今一瞬《いっしゅん》、素《す》が出ましたよね！　悪態《あくたい》つきましたよね、客に！」
店員「なにをおっしゃいますか。フラワーショップ椎名における接客三箇条《かじょう》は、『親切、丁寧《ていねい》、冒瀆《ぼうとく》』ですよ」

お客「最後のはなに⁉　どういう意味⁉　確かに色々納得《なっとく》だけどっ！」
店員「ところでお客様。大変申し上げにくいのですが、お顔が気持ち悪いですね」
お客「ホント申し上げにくいこと言ったな！　っつうか言うな！」
店員「そんなわけで、しょーじき飽《あ》きましたんで、フラワーショップ椎名、本日はこれにて閉店とさせて頂きます。お忘れ物なさらぬよう、お帰り下さい。……あ、そちらのお客様！　薔薇般若をお忘れですよ！」
お客「誰《だれ》か買ったんだ、アレ！　そして閉店すんな！　俺まだ買ってない！」
店員「そんな貴方《あなた》にこれ。今のやりとりの間に、近くの花屋へ注文して届けて貰《もら》った、普通の花束！　元値《もとね》三千九百八十円のところ、マージンをとりまして、なんと驚《おどろ》き価格、一万二千八百円！」
お客「確かに驚きだ！　なにそのボッタクリ！　もうそれでいいや、それくれ！」
店員「金が先だ！」
お客「なんで急に誘拐《ゆうかい》の取引みたいなテンションに⁉　ほ、ほら、金」
店員「……ふん。まあいいだろう。ほうらよ」
お客「店先に投げ捨《す》てるような仕草だと⁉　確かに花を冒瀆しまくりだ！」
店員「閉店、ガラガラ。……またのお越《こ》しを、表面上だけ、お待ちしております」

お客「心から待て！」

＊

シミュレーションを終え、ふぅと一息ついた深夏が、満足そうに呟《つぶや》く。

「……こりゃあ……あたし、いけるな、花屋」

『無理だよ！』

全員から総ツッコミだった。こいつ、あれだな。やりたいことと、向いてるものは全《まった》く違《ちが》うという人間の典型だな。

第一のシミュレーションを終え、会長がこほんと咳払《せきばら》い。

「これで皆《みんな》も分かってくれたかと思うわ。……シミュレーションの大事さが！」

「た、確かに」

俺達は納得してしまった。確かに、これはやっておいてよかったかもしれない。もし深夏が実際に花屋に就職してしまっていたら、それはもう大惨事《だいさんじ》だったろう。事前にシミュレーションしておいたからこそ、実際の被害《ひがい》を防げたのだ。……まぁ、深夏本人はさっきから俺の横で、「花屋もアリだな……」とか恐《おそ》ろしいことを呟いているが。どうしてあの結果から、アリという判断が下せるのだろう。案外楽しかったのだろうか。謎《なぞ》だ。

「でも、そういうのでしたら、真冬もちょっとやってみたいかもです！」

姉と俺のコントを見て何か思いついたのか、真冬ちゃんがやる気を出してきた。

「先輩《せんぱい》っ！　真冬とも、シミュレーションして下さい！」

「新婚《しんこん》さんの？」

「はい！」

「そんな、すぐに否定しないでも……。…………。……って、え？」

なんかいつものボケに対して、ありえない回答を聞いた気がする。俺だけじゃなく皆もぽかんとする中、真冬ちゃんは、意外すぎることを言ってきた。

「真冬っ、先輩の奥さんをやってみたいですっ！」

「え」

硬直《こうちょく》。自分から提案しといて、予想外。生徒会の空気が止まる。

そして。

『えええええええええええええええええええええ⁉』

皆が驚愕《きょうがく》する中、第二のシミュレーションは意外な設定で始まった。

シミュレーションその2　妻・椎名真冬

登場人物……妻・椎名真冬
夫（サラリーマン）・杉崎鍵

夫「こ、こほん。あの、その。……ふ、ふつつか者ですが、よろしくお願いいたします」
妻「？　先輩、なに顔赤くしてかしこまってるんですか？」
夫「あ、ああ。……えと……。…………」
妻「？　ほら、早くやりましょうよ、コント……じゃなくて、シミュレーション」
夫「えと……とりあえず、その、一生大切にします。幸せにします。よろしくお願いします。ぺこり」
妻「な、なんか先輩、妙《みょう》に可愛いですね、今日。でも、普通にやってほしいです。んーと、じゃあ、新婚三ヶ月ぐらいの設定でやりましょう。挨拶《あいさつ》からやってたら、話が進まないです」
夫「あ、う、うん。……ふぅ。よし、俺も腹を括《くく》ったぞ！　真冬ちゃん！　いや、真冬！」

妻「はい、せんぱ……じゃなくて、あなた♪」
夫「愛してるぞ！」
妻「はい、真冬も愛してますよ」
夫「…………くぅっ！　生徒会の一存、完！」

外野『おいおいおいおいおいおいおい！』

全員からツッコまれてコントが中断してしまったが、俺は流れる涙《なみだ》を止められない！

やばい……幸せすぎるぜ！　もう、この物語終わりでよくね？　ハッピーなんですけど。

もう、現時点でかなりハッピーなんですけどっ！

ただ、皆からはなぜかボロクソ言われたので、仕方なく、俺は落ち着いて、シミュレーションを再開する。

夫「こほん。……真冬ー。今、帰ったぞー」

妻「お帰りなさい、あなた。今日もお疲《つか》れ様《さま》でした」

夫「お、おぅ。……えと……」
妻「あなた。ご飯にします？　お風呂《ふろ》にします？　それとも……」
夫「！　はぅ！　これはっ！……ドキドキ！　ワクワク！」
妻「それとも、中目黒《なかめぐろ》先輩？」
夫「まさかの選択肢《せんたくし》！」
妻「じゃあ、あなたがお風呂に入っている間に、中目黒先輩を用意しておきますね」
夫「どういう状況《じょうきょう》!?　この新婚家庭、簡単に中目黒調達《ちょうたつ》出来るの!?　却下《きゃっか》！」
妻「却下って……。シミュレーションなんだから、いいじゃないですか」
夫「いや、もうちょっとちゃんとしたシミュレーションしようよ！　とりあえず、俺達の未来に中目黒は入れないでくれるかなぁ！」
妻「うぅ……残念ですが、分かりました。じゃあ、やりなおします」
夫「うん……俺の幸福、壊《こわ》さないで下さい」
仕切り直し。俺が帰宅したところまで、戻《もど》る。そして、真冬ちゃんのさっきのセリフ。
妻「あなた。ご飯にします？　お風呂にします？　それとも……」

夫「……ごくり……」

妻「それとも、レベル上げ？」

夫「帰宅直後にまだ働かされんの!?」

妻「だめですよ、あなた。家事は分担《ぶんたん》してくれないと……」

夫「家事!?　え、レベル上げは家事の括《くく》りなの!?」

妻「あなたが真冬のやってるRPGでパーティをレベル上げしてくれている間、真冬は睡《すい》眠《みん》をとりますので」

夫「いや、なにこのすれ違い新婚家庭！　まだ寝《ね》ないでよ！　俺を労《いたわ》ってよ！」

妻「あ、間違《まちが》いました。惰眠《だみん》を貪《むさぼ》りますので」

夫「なんで悪い方に言い直した!?」

妻「あ、そうそう。ご飯なんですけど……」

夫「ふぅ、さすがにそれは用意してくれてるんだ……よかっ――」

妻「朝はサンドイッチが、食べたいです」

夫「リクエスト!?　妻が起きる前に、俺が用意しておけと!?」

妻「ふわぁ。今日は早朝から即売会《そくばいかい》で、真冬、疲れました。先に寝ます」
夫「待とうよ！　これ新婚!?　ホントに新婚シミュレーション!?」
妻「はい、真冬が思い描《えが》く、先輩とのラブラブハッピー新婚生活に限りなく近いです」
夫「そ、そう。……なんだろう、これ。俺、美少女と結ばれてるはずなのに……いわばハッピーエンド後のエピローグみたいな設定なのに……なんか思ったほど幸福感が……」
妻「ふわぁ。じゃ、レベル上げ、料理、掃除《そうじ》、洗濯《せんたく》、ブログの更新《こうしん》、アマ○ンの予約再開チェック、録画アニメのCMカット編集、諸々《もろもろ》お願いしますです。おやすみなさいです」
夫「ちょ、ちょっと待って！」
妻「はい？　なんですか、もう真冬ねむねむです……」
夫「ええと……そ、そうだ！　ほら、花！　花束を買ってきたんだ！　駅前の花屋さんで！　誕生日、おめでとう！」
妻「ふぇ？　花束……ですか？」
夫「ああ！　その、駅前に驚くほど接客に向かない店員のいる花屋さんがあるんだけど。そこで、妻のキミのために花をね……その……」
妻「な、なんてことを！　あなた！　真冬は……真冬は、失望しました！」
夫「え、ええ!?　なんで!?　やっぱり、花の種類が定番すぎてイヤだったかな——」

妻「その花を買うお金、どうしてゲームに回さないんですかっ！」
夫「そこ⁉」
妻「まったく。これだから、金銭感覚のおかしい金遣《かねづか》いの荒《あら》い亭主《ていしゅ》は困《こま》ります」
夫「ええー」
妻「家計のこと、ちゃんと考えて下さい。生活費の九割は、ゲーム・コミック・ＤＶＤに回すと、言っておいたじゃないですか！　ああ、これでまた家計が……」
夫「キミの方こそ家計を考えようよ！　その配分、おかしいから！」
妻「それを……なんですか、花って。まったく。ぷんぷん。ダメ亭主ですね、ホント」
夫「う……な、なんかごめんよ。俺、よかれと思って……」
妻「もういいです。真冬、寝ます。ちゃんと、レベル上げといて下さいよ」
夫「……はい」
妻「じゃ、おやすみなさいです。…………ガチャリ」
夫「寝室《しんしつ》に鍵《かぎ》かけられた！」
妻「（寝室のドア越《ご》しに）そりゃそうですよ。真冬、男性ダメですし。なにより先輩を信用していませんから」
夫「偽装結婚《ぎそうけっこん》⁉　仮面《かめん》夫婦⁉　お金目当て⁉」
妻「失礼なっ！　二人の関係を、そんな風に言わないで下さい！　真冬……悲しいです！
あなたと……あなたと真冬は……」
夫「ご、ごめん、真冬ちゃん。そうだよね。価値観《かちかん》の相違《そうい》があっても、夫婦のスキンシップが乏《とぼ》しくても、お互《たが》いを愛する心は本物──」
妻「あなたと真冬は、先輩と後輩《こうはい》じゃないですかっ！」
夫「距離《きょり》が今と全く変わってねぇ──！　俺達結婚したんじゃないの⁉」
妻「結婚はゴールじゃないんです。二人の、スタートラインなんです」
夫「いやいやいやいやいやいや！　これじゃスタートライン手前も手前だよ！　カタチから入りすぎだろう、俺達！　なんか……俺から愛が一方通行気味なんだけど！」
妻「大丈夫《だいじょうぶ》です。お金も苦労も一方通行気味ですから！」
夫「何の保証⁉　俺が大丈夫じゃないわ！」
妻「そ、そんな……。あなた、真冬を養《やしな》って……くれないんですか？」
夫「う！　い、いや、そんなことは……」
妻「真冬のこと……愛してます？」

夫「あ、愛してるさ！　勿論《もちろん》だよ！」
妻「じゃ、レベル上げお願いしますですー。おやすみなさーい」
夫「…………………………………………………………おやすみなさい」

＊

シミュレーションが終了《しゅうりょう》し、真冬ちゃんが活《い》き活《い》きした様子で、感想を口にする。

「真冬、とても幸せでした！　これは……婚約《こんやく》会見も、近いかもですよ！」

「……そうだね」

どうしてだろう。あんなに美少女と結ばれたがっていた俺なのに……なぜだか、今はテンション上がらないや。おかしいなぁ。おかしいなぁ。

なにやら、会長や知弦さん、深夏も、「うわぁ」という視線を俺に向けていた。そこに嫉妬《しっと》等の感情は一切《いっさい》無い。唯一《ゆいいつ》感じられるのは圧倒的《あっとうてき》な「同情」だけだ。

……俺はこのまま、真冬ちゃんを攻略《こうりゃく》していいのだろうか。相変わらず俺の予定通りには一つも動いてくれない女の子だぜ、椎名真冬。この子は、やはり稀代《きだい》の悪女なのかもしれない。香澄《かすみ》さんの血か。代々家族を振《ふ》り回す家系《かけい》なのか、ここは。

俺の様子を見かねたのか、珍《めずら》しく会長が気を遣《つか》って、声をかけてくれる。

「じゃ、じゃあ、ほら、気を取り直して！」

「？　なぜ気を取り直すんです？」

真冬ちゃんが一人首を傾《かし》げていたが、それは全員無視。

「次は、私のシミュレーションに付き合ってよ、杉崎。ね？　ね？」

「会長……くすん……」

会長の優《やさ》しさに涙が出る。会長は不自然な苦笑《にがわら》いで、話を進めてきた。

「よし、じゃあ私の番！　私は……やっぱり社長だよね！」

「アカちゃん、前もそれだったじゃない」

「う。い、いいの！　私は社長の器《うつわ》だから、社長以外じゃダメなの！　ほら、やるよ、杉崎！」

「え、あ、はい」

というわけで、会長の強引《ごういん》な進行により、詳《くわ》しい設定も聞かされないまま、第三のシミュレーションが開始された。

シミュレーションその3　社長・桜野《さくらの》くりむ

登場人物……社長・桜野くりむ
　　　　　？？・杉崎鍵

社長「うぉっほん！　私が社長であーる！」
？？「シャチョサン、シャチョサン。ウチノミセ、カワイイコ、タクサンダヨ」
社長「ほう、じゃあ今日はこの店入っちゃおうかなー……ってあんた誰《だれ》よ！　というか、私がやりたいのは、本物の社長さん！　そういうのじゃないから！」
？？「そう言われても……。じゃあ俺は何の役を……」
社長「そんなの自分で考えなさいよ！　いくらでもあるでしょう！」
？？「じゃあ……。……よし、いきます！」
社長「うぉっほん！　私が社長であーる！」
？？「ちぃーっす！　今日も冷えるなぁ。おい、そこの社長。とりあえず茶淹《い》れて」
社長「はい、ただいま……って、だからあんた誰よ！　社長を顎《あご》で使うってどういう役職なのよ！」

??「お気に召《め》しませんか」
社長「召しませんねぇ！　やるなら、普通《ふつう》の平社員やってよ！」
??「最初からそう言って下さいよ……」
社長「最初から分かってよ……」

登場人物……社長・桜野くりむ
　部下（サラリーマン・妻帯者）・杉崎鍵

社長「うぉっほん！　私が社長であーる！」
部下「おはようございます、社長」
社長「うむ、おはよう。今日も張り切って仕事に励《はげ》んでくれたまえ！」
部下「はい。……ところで、社長。うちって、なんの会社なんですか？」
社長「変なことを訊《き》くな、キミは。そんなの、人材派遣《はけん》会社に決まってるじゃないか」
部下「決まってるんですか。まあいいですけど。で、どういう類《たぐい》の――」
社長「どういう類も何も、杉崎が色んなところにお出かけして、お金を稼《かせ》いで、私に渡《わた》すだけの会社だよ！」
部下「それは会社!? 俺が社長養ってるだけじゃ!?」
社長「ちなみに、年商二千兆《ちょう》」
部下「俺すげぇ頑張《がんば》ってますね！……ええと、その間社長は、なにしてるんですか？」
社長「うん？ 私？ えと……。……主《おも》に会議、かな」
部下「お、重役会議ですか？」
社長「ううん、アニマル会議」
部下「脳内会議かよ！ よくそれで年商二千兆超《こ》えたな！」
社長「クマさんがいい意見出すんだよ」
部下「クマさん凄《すげ》ぇ！ 何者だよクマさん！」
社長「あとハゲタカさんもいい意見出す」
部下「なんか違《ちが》うハゲタカさんも棲《す》んでますよねぇ！……それにしても、こんな状況《じょうきょう》で二千兆稼ぐなんて、一体俺達どういう会社――」
社長「零細企業《れいさいきぎょう》」
部下「違《ちげ》ぇよ！ 絶対言葉の意味分かってませんよねぇ！ ニュースで聞きかじったような言葉、言いたかっただけですよねぇ！」

社長「じゃあ、しがない中小企業《ちゅうしょう》」
部下「二千兆稼いでんのに⁉　いやまあ、確かに二人でやっているというのは、規模《きぼ》が小さいとも言えますが……」
社長「主に醬油《しょうゆ》差しを取り扱《あつか》ってます」
部下「ジャンル狭《せま》っ！　え⁉　それで年商二千兆⁉」
社長「でも杉崎の給料は手取り九万円」
部下「バイトレベル！」
社長「え？　年収だよ？」
部下「撤回《てっかい》！　バイトレベルにも達してねぇ！」
社長「私のアニマル会議と、杉崎の営業、販売《はんばい》、接待、契約《けいやく》、製造、発注、広告、取材、研修、仕入れ、新人教育、資金調達《ちょうたつ》、エトセトラによって、この会社は成り立っています」
部下「俺の給料配分絶対おかしいですよねぇ⁉」
社長「まあ、全《すべ》ては私のアニマル会議ありきだからね。ちなみに私の年収は二千兆引く九万円」
部下「貰《もら》いすぎですよ！　っていうからうちの会社、どう成り立ってるんですか！　活動資金も無いんですけど！」
社長「そこはほら、杉崎の手腕《しゅわん》で」
部下「俺働き過ぎでしょう！」
社長「花屋に行けばテキトーに応対されるし、家に帰れば、嫁《よめ》にレベル上げさせられるしね」
部下「未来の俺、可哀想《かわいそう》すぎる！」
社長「ほら、いいから杉崎、派遣先に行きなさい」
部下「はぁ……じゃあ、行ってきます。よっこらせ」
社長「ちょっと杉崎。どこ行くつもり？」
部下「へ？　いや、だから、派遣先に行くため外に……」
社長「だったらドアじゃなくて、そこのトランスポーター（転送装置）を使えばいいじゃない」
部下「うちどういう会社⁉　え⁉　このシミュレーション、どれぐらい未来⁉」
社長「私の大学卒業直後だから……五年後ぐらいかな」

部下「日本の科学の進歩ハンパねぇ！　未来が楽しみになってきましたよ！」
社長「いいから、ほら、早く行きなさいよ、杉崎。私もここから、派遣先である青い地球を見守っていてあげるから」
部下「ここ本格的にどこ⁉　え、うちの会社、どこにあんの⁉　重力ある⁉」
社長「ほーら、いいから早く行きなさいよ。早くしないと、邪神《じゃしん》ギャルボロスの能力によって地球が太陽にぶつかっちゃうよ」
部下「今どういう状況⁉　なんか五年後世界観レベルで状況変わってますよねぇ⁉　俺達仕事してる場合じゃないですよねぇ⁉」
社長「ふ、だからこそ醤油差しが売れるのよ」
部下「なにその『これこそ逆転の発想』みたいな言い方！　時代の先読みしてますよ的な余裕《よゆう》！　全然意味が分からないんですが！」
社長「常人《じょうじん》には理解できないだけだよ。大丈夫《だいじょうぶ》。私の言う通りにしていれば、全部上手《うま》くいくから。『あの一見無意味に見えたアドバイスは……この時のための伏線《ふくせん》だったのか！』的展開が、杉崎の人生には溢《あふ》れているはずだよ。うぉっほん」
部下「うちの社長凄ぇ！　な、なんかよく分かりませんが、とにかく、派遣先で頑張ってきます！」

社長「うむ、それがやがて地球、ひいては宇宙、いや、全時空《じくう》を救うことになるであろう」
部下「最後まで仕事内容分からなかったけど、俺、妙《みょう》にやる気出てきました！」
社長「うむ！　ゆけい、スーパー平社員杉崎！」
部下「アイアイサー！」

＊

「ねぇよ！」

コントが終わった瞬間《しゅんかん》、深夏がキレていた。俺と会長はびくんとそれに怯《おび》える。

「な、なに怒《おこ》ってんだよ、深夏。いいじゃないか……楽しかったんだし」

「いや楽しいとか楽しくねぇとかじゃねぇし！　今やってるの、シミュレーション！　SFを楽しむっていう話じゃねえだろ！」

「……ふふふ、分かってないなぁ、深夏。五年後を、楽しみにしてなさい」

「なにその不敵《ふてき》な発言！　いいさ！　あたし、そんな未来にならないに、全財産かけるよ！」

「それが年商二千兆を誇《ほこ》る会社の土台になるとは、この時の深夏は、まだ知らないのであった」

「あたしの金が資本金⁉」

そうして会長がやたら伏線を引いたところで、会長のターンも一区切り。

さて、俺は全部に参加してるからいいとして、あとシミュレーションをやってないのは知弦さんだけだ。

知弦さんの方を見ると、彼女はにこっと俺に微笑《ほほえ》む。

「じゃあキー君。早速《さっそく》、私のシミュレーションにも付き合って貰おうかしら」

「う。知弦さんのシミュレーション……ですか……」

「なによキー君。イヤそうね？」

俺は思わず黙《だま》ってしまう。そりゃハーレムメンバーとの未来を夢見るのは基本楽しいが、しかし相手が知弦さんとなるとなぁ。どうせ俺は奴隷《どれい》的な役柄《やくがら》で、彼女にムチで叩《たた》かれたり罵倒《ばとう》されたりと、そんなシミュレーションをさせられることが目に見えている。

顔を青くする俺に、しかし知弦さんは、意外なことを言ってきた。

「そんな不安そうな顔しないで。大丈夫。私、キー君が嫌《いや》がるシミュレーションなんて、しようと思ってないわ」

「え？　そうなんですか？」

「そうよ。むしろ、キー君的には、嬉《うれ》しい部類に入るんじゃないかしら」

「？　なにするんですか？」

訊《たず》ねると、知弦さんは妖艶《ようえん》に微笑み……そして、告げる。

「キー君の愛人よ」


『ええええええええええええええええええええええええええええええええ⁉』

生徒会室に、本日最大の絶叫《ぜっきょう》が響《ひび》き渡った。

シミュレーションその4　愛人・紅葉知弦

　登場人物……愛人・紅葉知弦
　　男性（サラリーマン・妻帯者《さいたいしゃ》）・杉崎鍵

男性「あ、愛人……愛人かぁ」

愛人「なによキー君。ハーレムハーレム言う割に、いざとなったら煮《に》え切らないわね」
男性「いや、俺の考え方は基本、本当の意味でハーレムなんで。二股《ふたまた》はかけるけど、妻と愛人みたいに関係性を分けるというか、愛する人に区別をつけるみたいなやり方は、若干《じゃっかん》思想に反するところもあるというか……」
愛人「な、なんなのそのキー君の、純粋《じゅんすい》なんだか不純なんだかよく分からない感性は。いいから、今はシミュレーション。割り切って」
男性「そ、そうは言いますが、未来の俺には真冬ちゃんという、愛すべき奥さんが――」
愛人「そうね。貴方《あなた》には確かに……家で趣味《しゅみ》に没頭《ぼっとう》しては、夫をこき使い、お金を浪費《ろうひ》し、それどころかイチャイチャさえさせてくれない奥さんが、いたわね」
男性「…………不倫《ふりん》は文化です」
妻「先輩《せんぱい》!?」
なんか俺達のコントに真冬ちゃんが一瞬涙目《いっしゅんなみだめ》で入ってきてしまったが、無視。
改めて、俺と知弦さんは、愛人関係を始めることにする。

男性「ふぅ。今日も仕事、疲《つか》れたぜ」
愛人「あーら、あなた。またうちに来ちゃって。奥さんのとこ、帰らなくていいの？」
男性「ふ……分かってるだろ？　知弦。俺の安息《あんそく》は、ここにしかないんだよ」
愛人「悪い男。うふ」
男性「…………いや、もう、ホントに。会社はあんなだし……花屋ではあんな対応される し……家に帰ったらあれだし……。……ぐす……」
愛人「撤回《てっかい》。可哀想すぎる男。よーしよしよし。撫《な》でてあげるわ、こちらにいらっしゃい」
男性「……よいしょと」
愛人「なでなで。なでなで」
男性「……うん、なんか、思ってたよりいいな、愛人！　流石《さすが》愛する人と書くだけある！　俺の抱《いだ》いていたドロドロイメージと、ちょっと違《ちが》う！」
愛人「うふふ。私はキー君が癒《いや》されてくれたら、それでいいの。たとえ奥さんになれなくてもね」
男性「ち、知弦！　やべぇ！　涙が止まらない！」
愛人「うふふふふ……」

妻「…………」

なんかこの場にいる設定じゃない子の冷たい視線を感じるが、それは無視。

男性「よし……愛人のシミュレーションなんですし……これは……えろいことしても……」

愛人「今日はだーめ」

男性「な、なんだって！」

愛人「今日はキー君のために、料理を作ったのよ。だから、こっちを楽しんで帰ってね」

男性「くっ……！　なんて……なんて魔性《ましょう》の女！　そんな風に言われたら、断《ことわ》れないじゃないかぁ！　流石愛人だぜ！」

愛人「そりゃそうよ。なんてったって私、プロの愛人だから」

男性「プロの愛人⁉」

愛人「ええ。東京愛人技術専門学校を卒業してるからね」

男性「愛人技術専門学校⁉　あれ⁉　なんだろう⁉　一気に愛を感じなくなってきたぞ！」

愛人「その私にかかれば、えっちぃこと無しに、男を手玉にとることなんて容易《たやす》いのよ」
男性「あれ!? 未《いま》だに肉体関係とか無い設定なの!? 俺と愛人との関係、意外とプラトニックだったの!? じゃあこれ、そもそも不倫って言うの!?」
愛人「そりゃ妻以外の女の家に行って手料理振《ふ》る舞《ま》われていたら、精神的不倫でしょう」
男性「そ、そうか……。……しかし、なんだろう、このもやもやは」
愛人「ほら、ぶつぶつ言ってないでご飯にしましょう」
男性「あ、ああ……そうだな。うん……まあ、癒されてはいるんだし、いいか……」
愛人「はい。私の手作りの……」
男性「なんだろ。妻から男を奪《うば》い取るノウハウ学ぶ専門学校通《かよ》ってたぐらいだから、料理の腕《うで》もあるんだろうし……。あれかな。肉じゃがとか──」
愛人「醬油《しょうゆ》」
男性「醬油!?」
愛人「あなたとアカちゃんの会社で作ってる醬油差しに入れて、お召《め》し上がり下さい」
ゴトリ。シミュレーションなのに、なぜか本物の醬油差し（醬油満杯《まんぱい》）が目の前に置かれる。
男性「お召し上がるの⁉ 俺、これ丸々一本お召し上がるの⁉」
愛人「ささっ、ぐいっと。おつぎいたします」
男性「いやいやいやいやいや、なに『いい女』気取った『お酌《しゃく》します』的所作《しょさ》してんの⁉ どんなにカタチから入っても、持ってるの醤油だからね⁉」
愛人「愛情沢山《たくさん》込めて作ったのよ」
男性「醤油を⁉ 一から⁉」
愛人「大豆《だいず》から作ったわ」
男性「いやそりゃ凄《すご》いけど！ 凄いけども！ そこまでする力あるなら、ちゃんとした料理にまでしてくれても……」
愛人「……私の醤油の一杯《いっぱい》も飲めないと言うの？」
男性「誰《だれ》の醤油だろうとコップ一杯は飲めないですよ！」
愛人「……そう。……わかってたわ。私は、愛人ですものね。都合《つごう》のいい女よ。貴方に求められる以外のことを、してはいけないというのね……」
男性「いや、まあ、確かに俺の言ってることはそうだけども！」
愛人「いいわ。過ぎたマネをした、私が悪かったのよね。ごめんなさい。今、片付けるわ外野《がいや》『…………』
男性「え、なに、このギャラリーからの『女の敵』を見るような視線！」
愛人「じゃあせめて、デザートだけでも、食べていって下さいな」
男性「え、あ、うん……。まあ、デザートなら……。素材《そざい》段階まで遡《さかのぼ》っても、砂糖とかだろうから、醤油よりは無理じゃな――」
愛人「はい、苗《なえ》」
男性「何の!?　素材段階どころか、準備段階の手前の手前だとぅ!?」
愛人「土から厳選《げんせん》しました」
男性「いや、だから腕を振るう部分がおかしいんだって！　土選ぶ暇《ひま》あったら、料理を作ろうよ！」
愛人「あらやだ……この人ったら、農業全否定だわ……これが価値観の相違《そうい》かしら……」
男性「そうじゃないよ！　そうじゃなくて……俺は、愛人にもっと普通《ふつう》の家庭っぽさを求めているだけっていうか……」
……」

愛人「家庭では得られない非日常を提供するのも、愛人の務《つと》めと教わったわ」
男性「いや、確かにそれはそうなんだけども！　非日常のスパイスが効《き》き過ぎなんだよ、知弦さ……知弦の場合！」
愛人「あらあら、キー君ったら♪　今日も私の前でだけハッスルしちゃって♪」
男性「セリフだけは愛人っぽいな！　やってることアレなのに！　もっと過程《かてい》を大事にして！」
愛人「キー君は、過程より家庭を大事にすべきだけどね。…………ふ」
男性「うざい！　なんだその『うまいこと言ってやったわ』感！　っていうか、愛人やってる人間が今更《いまさら》何を言ってるんだ！」
愛人「ふわぁ……。さて、あなた。そろそろお帰りになられたら？」
男性「飽《あ》きたよなぁ！　今、確実に愛人ごっこ飽きたよなぁ！　なんか俺の方が都合のいい男になってる気がするんですが！」
愛人「ほら、私が今日一緒《いっしょ》にお茶した時、真冬ちゃん、新しく買った対戦格闘《かくとう》をキー君と遊びたいって言ってたから、早く帰ってあげなさいよ」
男性「なんで貴女《あなた》うちの妻とそんな良好な関係築《きず》いてんの⁉　ドロドロ展開どころか、むしろ俺が二人に弄《もてあそ》ばれてる感が出てきてない⁉」

愛人「しつこい男は嫌《きら》われるわよ」
男性「手料理として醤油出す女はもっと嫌われると思うけど！」
愛人「キー君はソース派《は》だったかしら？」
男性「そういう問題じゃねぇよ！　はぁ……俺、どうしてこんな人と愛人関係を……」
愛人「それが専門学校マジック」
男性「東京愛人技術専門学校すげぇ！」
愛人「というわけで、キー君。またね」
男性「……分かりましたよ。帰ればいいんでしょ、帰れば！」

俺は、勝手に知弦さんと反対の方に玄関《げんかん》を設定して、そちらに歩いていく。玄関を開け、身を外に出し、そしてさっさと閉めてこのコントを終わらせようと——してると、知弦さんがパタパタと寄ってきて、去り際《ぎわ》の俺を引き止めた。

俺が不思議そうにしていると、知弦さんは、架空《かくう》エプロンをいじりながら、もじもじとした様子で、頰《ほお》を赤くしながらうつむき加減《かげん》に告げる。

愛人「……その……また、来てね？」

男性「っ！」

その、あまりのいじらしさに、俺だけじゃなく、生徒会中がズキュンと胸を撃《う》ち抜《ぬ》かれた！　俺は脊髄《せきずい》反射的に答える！

男性「毎日でも来るに決まってる！」

その言葉に、恥《は》ずかしそうに微笑《ほほえ》む知弦さん。

………………。

……………愛人、万歳《ばんざい》。

＊

「知弦さんは、いい愛人になるよ」

シミュレーションが終わり、俺は、早速《さっそく》知弦さんにそう声をかける。隣《となり》に居《い》た会長が、

「いや、それ微妙《びみょう》に褒《ほ》め言葉《ことば》じゃないから」とツッコんで来ていたが、概《おおむ》ね同意見でもあるようだ。椎名姉妹《しまい》も会長も、まだ「愛人・紅葉知弦」の魅力《みりょく》にぽーっとしている。

しかし当の知弦さんはと言えば、自分の席に戻《もど》り、いつものクールな表情に戻っていた。

「確かに効率《こうりつ》は良さそうね、この生活。……何人かけもち出来るかしら」

「悪女⁉」

「需要《じゅよう》と供給が成立してるのだから、いいんじゃないかしら」

「いや、もっと純粋《じゅんすい》に恋《こい》しましょうよ！」

「不倫《ふりん》しているお前が言うのもな……」

深夏にツッコまれてしまった。いや、そりゃそうなんだけど！　そうなんだけどさ！

どちらが悪質かと言ったら、知弦さんの方だと思うのは俺だけなのか⁉　男の勝手な価値観なのか⁉

数々の納得いかないことはあるものの、それぞれのシミュレーションは一段落する。

そして、会長がまとめに入った。

「この惨状《さんじょう》からも分かるように、生徒会メンバーは将来に不安がありすぎるわ！」

『確かに』

「うん、全員で私をジッと見て頷《うなず》いたのはさておき。もっと、ちゃんとしなきゃ駄目《だめ》だよ！」

『そうですね』

「うん、だから、なんで私をジッと見ながら答えるのかはさておき。夢があるのは結構《けっこう》なことだけど、それを叶《かな》えるためには、今からしっかり努力しなきゃ駄目なんだよ！」

『ホント、そうですね』

「だから、どうして私をそんなにパッチリした瞳《ひとみ》で見るのかは分からないけど。とーにーかーく！」

会長は立ち上がり、いつものように結論を口にするべく、机を叩《たた》く！

「皆《みんな》、私が面倒《めんどう》見なくても、ちゃんと生きてかなきゃ駄目なんだからね！」

『――――』

その言葉に。

俺達は、ツッコミどころか、何も……何も答えられず、思わず、押《お》し黙《だま》った。

会長はいつも通りに、ぷんぷんと憤慨《ふんがい》しながら話を続ける。

「いーい？　いつまでも、私に甘えてちゃ駄目なんだよ？　この偉大《いだい》な会長の庇護下《ひごか》にいられるのは、あと半年も無いんだからね！　生徒会の権力を使えるのは、この学校でだけなんだからね！　七光《ななひかり》にばっかり甘えてないで、皆、自立しようね！」

「………………」

言葉が、出て来なかった。分かっている。会長が言っていることは、ツッコミ所満載《まんさい》だし、こんな空気になることを望んでるわけでもないし、とにかく、とにかく、何か口を開かなきゃいけないことは、皆、理解している。

この場面で押し黙ってしまう理由なんて、ホントは、ない。ないはずだ。

でも。

言葉が、出て来ない。

だってそれは。

今まで俺達があえて触《ふ》れないでいた、迫《せま》り来る「別れ」の、話だったから。

何か言わなきゃいけない。

今までなら、軽口《かるくち》叩いて、怒《おこ》られて、笑い合って、くだらない会議のオチがついて、終わるところだ。それが、ベストだ。それが、俺達は、楽しいんだ。わかってる。

なのに。

誰《だれ》も、口を開けない。

会長以外は。

彼女は俺達の空気を意に介《かい》することもなく、ぽふっと自分の席に座《すわ》り直すと、勝手に話を進めていた。

「そもそも、さっきのシミュレーションは、杉崎をサラリーマンとか既婚者《きこんしゃ》にしちゃったのが、間違《まちが》いなんだよ。そこがもう、狂《くる》っちゃってるから、変な結果になるんだよ」

「…………は、は」

俺の、ようやく絞《しぼ》り出した歪《いびつ》な笑い声に、会長がぷくっと頬を膨《ふく》らませる。

「笑い事じゃないよ！　これは、ある意味、杉崎に全てがかかっていると言ってもいいんだよ！」

「俺に……ですか？」

「そう！　杉崎の未来が変われば、皆の未来が変わるんだよ！」

会長のそのセリフに。俺は、ようやく、なんとか自分を取り戻して、答える。

「やっぱり俺は、ハーレムの主《あるじ》ですもんね！　だからこそ、皆の未来は俺にかかってるというわけですね！」

「そ、そういうことじゃないよ！　とにかく！　杉崎は、さっきのサラリーマン以外に、やりたいことないの？」

「俺のやりたいこと……ですか」

「そ！」

会長に迫られ、俺は、ちらりと周囲のメンバーを見渡《みわた》す。皆も、幾分余裕《いくぶんよゆう》は取り戻し、笑顔を見せてはいたものの……どこか、ぎこちなかった。

もうすぐ来る別れ。

皆そんなの、とっくに意識している。ずっと、意識している。でもだからこそ、そういう話は避《さ》けてきていた。だけど。会長は、それを、許してくれなかった。

「俺の夢なんて……そんなの……ただ皆と……」

「ん？」

そう言いかけて、しかし、ぐっと堪《こら》える。

会長自身は、深いことなんてなーんにも考えちゃいないだろうけど。それは、分かっているけど。それでも……彼女はやっぱり、俺達に警告したんだと思う。

電車の中で夢を見るかのように、心地《ここち》良くまどろみながら前へ進んできた俺達の肩《かた》を、「そろそろ終点ですよ」と叩いた。

ここから先は、もう目を閉じては、いけない。いくら心地良くとも、寝過《ねす》ごしては、いけない。

だから。

俺は、会長の目を見て、答えた。

「俺は……起業《きぎょう》でもしましょうかね」

「起業？　杉崎が？　社長さんやりたいの？」

会長が意外そうに目を丸くしている。皆も、少し驚《おどろ》いているようだった。

俺は……ニヤリと笑って、説明する。

「ええ、社長。それで、ここに居《い》るメンバー、全員雇《やと》います！」

「また杉崎は、そういう……」

会長は少し怒っていたが、しかし、それでも俺は、譲《ゆず》らなかった。

「今回ばかりは、ちょっと本気ですよ、会長」

「む」

「俺は、やっぱり、自分の大好きな人達を守って……時に力を合わせて、生きていきたいです。だから、社長。夢は、美少女だらけの企業《きぎょう》の、社長ですよ」

「採用基準がルックスとか、駄目だよ！　差別だよ！」

「いいんです。それが俺の会社なんですから！　それに、その夢のためになら、俺は、いくらでも努力しますよ！　むしろ、今からしてますよ！」

「むむむむむ……」

どうやら自分が期待した答えとは違《ちが》ったらしく、会長は腕《うで》を組んで唸《うな》っている。

しかし、他の皆は、どこか気の抜《ぬ》けたような笑顔で、俺の方を見てくれていた。

「まったく、鍵は。お前なんか社長の器《うつわ》じゃねーだろ。ま、給料ちゃんと払《はら》うなら、あたしはOLとして働いてやってもいいけど……無理だろうな」

「そーです。先輩《せんぱい》は売れない作家さんあたりがお似合《にあ》いですよ。真冬と一緒《いっしょ》に、インドアの道に行きましょう！」

「何やりたいか決めもせず、漠然《ばくぜん》と『社長になりたい』なんて言ってる人は、えてして成功しないものよ。私が協力でもしない限りね」

そんな風に皆が言ってくれる中。

会長はどうやら自分だけ仲間はずれっぽいとでも察知したのか、「にゃー！」と奇声《きせい》を上げた後、俺達に叫《さけ》んできた。

「ずるいよ！　じゃ、じゃあその会社、やるなら私が社長やる！」

「会長、俺の夢横取りですか」

「私も元々社長やるつもりだったから、いいんだよ！　ええと、きゅーしゅーがっぺーしちゃうんだよ！」

「自分で人の夢聞いておいて、吸収《きゅうしゅう》しないで下さい！　どんだけ酷《ひど》いんですかっ！」

「うるさーい！　私も、そっちの会社の人材が欲《ほ》しいんだもん！」

「な、なんてワガママな……。……あれ？　でもそれじゃあ結局、俺達やっぱりずっと会長の庇護下なんじゃ……」

「…………」

「…………」

会長は、汗《あせ》をだらだらかき出し、そして、さっと目を背《そむ》けて、告げる！

「今日の会議、しゅーりょー！」

『(結論がブレたから逃《に》げた！)』

驚きのブレっぷりだった。前言撤回《てっかい》。やっぱりこの人、なーんも考えちゃいない。

本当に会長がかちゃかちゃと片付けを始め、皆も苦笑してそれに倣《なら》う中、俺は、一人そっと皆の顔を眺《なが》める。

(それぞれの道……か)

何もかも、変わらずにはいられない。

少なくとも俺達はこれから生徒会じゃなくなるし、高校生でなくなるし、学生でなくなり、子供でもなくなっていく。

変わらずには、いられない。それは避けられないし、避けるべきでもない。

でも、だったら。

「ほら、なにしてるの、杉崎！　今日はしゅーりょー！　雑務《ざつむ》もなし！　帰る帰る！」

「はいはい、分かりましたよ」

「『はい』は十回で充分《じゅうぶん》！」

「はいはいはいはいはいはいはいはいはいはい……って、長いわ！」

「杉崎、口より手動かす！」

「ええ⁉」

変わらずには、いられないのだったら。

せめて、いい方向に変わっていけるよう、努力しよう。

飛鳥《あすか》や林檎《りんご》の時のようなことは、二度と繰《く》り返さない。

たとえそれが、どんな茨《いばら》の道だったとしても。

「鍵、早くしろー」

「先輩、こっちですー！」

「キー君、帰るわよ」

「ほら杉崎、さっさと生徒会室から出る出る！」

皆に促《うなが》され、カバンを手に取り、言われた通りに生徒会室を、出る。それを見計《みはか》らって、会長がガチャリと鍵《かぎ》を閉めた。

「さ、いこ！」

「はい……そうですね」

皆が廊下《ろうか》を歩き出す中、一人、生徒会室を振《ふ》り返り……そして、今度は前を歩く四人の少女達の、笑顔を見る。

…………。

「そう、だよな」

一人、呟《つぶや》く。

大事なことは、ずっと生徒会役員であることでは、ないと思った。

【第一話～失われる生徒会～】

「本当に大切なことは、頭じゃなくて魂《たましい》に刻《きざ》み込《こ》まれているのよ！」

会長さんがいつものように小さな胸《むね》を張ってなにかの本の受け売りを偉《えら》そうに語ってい
た。しかしあたしは……いや、あたし達は、彼女の方なんか見ちゃいない。皆《みな》視線は、あ
たしの隣《となり》の副会長……杉崎鍵《すぎさきけん》だけを捉《とら》えていた。

知弦《ちづる》さんが、ごくりと喉《のど》を鳴らし、鍵に声をかける。

「キー君……どう？」

「…………」

大好きな先輩《せんぱい》が声をかけているというのに、鍵はと言えば、ぽかんとしたまま、彼女を
無視している。……彼の普段《ふだん》を知っている人間からすれば、あまりに、ありえない光景だ
った。少し怯《ひる》みながらも、知弦さんが、辛抱強《しんぼうづよ》く声をかける。

「き、キー君？」

「…………？」

「あの、だから、キー君？　聞いてる？」

「……え？　あ、はい。えと……もしかして、キー君って、僕《ぼく》のことですか？」

「！　う……」

鍵のその回答に。知弦さんはもう何も言えず、引き下がってしまう。あたし達もまた……覚悟《かくご》していたとはいえ、呆然《ぼうぜん》としてしまった。

会長さんが取り乱した様子で鍵の両肩《りょうかた》を掴《つか》み、ぶらんぶらん彼を揺《ゆ》する！

「ちょ、ちょっと！　いい加減《かげん》、冗談《じょうだん》やめなさいよ！　あ、悪趣味《あくしゅみ》だよ！」

「わ、わわわ。ちょ、ちょ、なんなんですか。ぼ、僕、何か悪いこと、しましたでしょうか。えと、あの、その、ごめんなさい」

「！　う……。……杉崎が……杉崎が、杉崎じゃなーい！　うぇえええええ！」

「あ、ご、ごめんなさい。……えと……あの、それで、杉崎って、僕でしたっけ？」

「う、うぇえええええええええええええええええん！」

会長さんが号泣《ごうきゅう》しだしてしまった！　知弦さんが彼女の頭を抱《だ》き、鍵をキッと睨《にら》み付ける。

「キー君! いくら記憶喪失《きおくそうしつ》でも、やっていいことと悪いことがあるわよ!」

「ええ!? ぼ、僕、そんなに悪いことしてるんですか!?」

「……はぁ」

知弦さんが嘆息《たんそく》すると同時に、あたし達姉妹《しまい》もまた、ガックリと肩を落とす。

——そんなわけで。


鍵が、記憶喪失だ。よって今回はあたし、椎名深夏《しいなみなつ》がお送りしている。

いや、状況《じょうきょう》をちゃんと一から説明したいところなんだが、あたし達にさえ何がなんだか分からないのだから、仕方ない。とにかく、あたし達四人が生徒会室に来たら、この状態の鍵が座《すわ》っていた。ホント、それだけ。

実際、今日の日中……一緒《いっしょ》に授業受けてた時は、いつもの鍵だったんだ。それが、鍵が先に生徒会室へ行き、あたし達が少し遅《おく》れて生徒会室に入った、その数分の間に、なぜかこんなことになっていた。

「い、一体、先輩に何があったのでしょう……。冗談じゃないみたいですし……」

真冬《まふゆ》がオロオロした様子で、鍵を見つめている。実際、ついさっきまではあたし達も、いつもの鍵の冗談だと思っていたのだ。しかし、いくら追及《ついきゅう》してもしつこくやめないため、これはおかしいぞと判断。会長さんがいつものようにパクリ名言《めいげん》を言って会議を始めたら、条件反射で何か思い出して治《なお》るんじゃないかと期待したのだが……結果は、この通り。

「なんかすいません……僕……悪気《わるぎ》は無いんですが……」

『…………』

け、鍵がしゅんとしている！　なんだこれ！　気持ち悪い！　またどういうわけか、記憶を失った鍵は、妙《みょう》に大人《おとな》しかった。一人称《いちにんしょう》も「僕」になっちゃってるし。ホント、会長さんが言うように、鍵が、鍵じゃないのだ。

彼は普段とまるで違《ちが》い……まあ最初にあたし達が責《せ》めたせいもあるが、おどおどした様子で、自《みず》ら発言してきた。

「ホント、すいません……。あの、やっぱり、全然、何も思い出せないです……」

その言葉に、会長さんをあやし終えた知弦さんがため息をついて、訊《たず》ねる。

「何もって……どの程度、何も？」

「どの程度と言われましても……その、全然、全《まった》くです。ごめんなさい」

「いや、謝《あやま》る必要はないのだけれどね。ええと、まず、私達のことは分からないのよね？」

「はい。……あの、今更《いまさら》ですが、皆さん、どちら様でしょうか？　僕と、関係ある人……なんですよね？」

『！』

鍵のその言葉は、生徒会に衝撃《しょうげき》を与《あた》えた！　あたしは、思わず呟《つぶや》く。

「い、いつもハーレムハーレム言っているヤツが、あたし達を、『どちら様』……だと？」

「しょ、衝撃的すぎますです……。先輩が、完全に先輩じゃないです……」

「うぅ……杉崎のハーレム思想大ッキライなのに、なぜか、傷ついちゃったよぅ……」

いちいち反応《はんのう》するあたし達に、鍵がまた申し訳《わけ》なさそうに「すいません……」と謝る。

うー……やり辛《づら》い。

そんな空気を見かねたのか。知弦さんが、パンと手を鳴らして、仕切った。

「もう、とりあえずこの空気やめましょう！　私もキツイこと言っちゃったけど、キー君も悪気は無いんだから！　それよりも、とにかく、記憶を戻《もど》すことに集中よ！」

その前向きな言葉に、あたしは同意する。

「そ、そうだな！　その通りだぜ！　嘆《なげ》いていても仕方ねえ！　とにかく、皆で鍵の記憶を呼《よ》び戻そうぜ！　なーに、簡単に記憶喪失になるような単純男だ！　スイッチ入れば、またすぐ思い出すって！」

「そっか……そうだよね！」

　会長さんが、少しだけ元気を取り戻す。そして、勢《いきお》い良く立ち上がると、ホワイトボードに今日の議題を記《しる》した！

《緊急企画《きんきゅうきかく》！　杉崎の記憶を取り戻せ！》

　そして、仕切り出す！

「というわけで！　今日は全力で、杉崎の記憶を回復するよ！」

『おー！』

　メンバー全員で声をあげる！　すると、鍵は「びくん！」としていた。

「な、なんですか、ここ……。なんか、テンションの高さが異常ですね……」

「なに言ってるの、杉崎！　貴方《あなた》もここの一員なんだからね！」

「ええ!?　そうなんですか!?……なんかちょっとショックです」

「その発言が私達はショックだよ！」

　記憶喪失杉崎鍵は、若干《じゃっかん》失礼だった。いや、失礼なのは元々か。

　真冬が、「ええと、紅葉《あかば》先輩の質問の続きですが……」と切り出す。

「先輩」

「…………」

「先輩！　む、無視しないで下さいです！」

「……え？　あ、ごめん、僕のこと？」

「そうです！　どう考えても、先輩って言ったら、先輩のことじゃないですか！」

「ええ!?　なんか今の怒《いか》りは理不尽《りふじん》じゃない!?　それは、分からなくて当然じゃない!?」

「いや、真冬が先輩っつったら、普通《ふつう》、鍵、お前のことだろう。常識的に考えて」

「ええ!?　どこの世界の常識ですか!?」

なんか鍵がいちいちオーバーリアクションだが、構《かま》わず、真冬が続ける。

「とにかく、先輩！　先輩は、どこまで忘れてるんですか？」

「ど、どこまで？　どこまでって言われても……うーん、全部としか」

「生徒会だけじゃなくて、ご家族のこととかも？」

「生徒会？　ああ、ここ、生徒会だったんですか。あ、だから、会長さん。納得《なっとく》」

「納得してないで、答えて下さいです！」

しかしその真冬の言葉に対しても上《うわ》の空、鍵は会長さんをじーっと見ていた。

「……会長さん？　いや、え、会長さん？　ここ……小学校では……ないですよね？」

「うきゃー！」

「無駄《むだ》に会長さん怒《おこ》らせてないで、質問に答えて下さいです！」

「あ、ごめんなさい。えーと……家族とかも、分からないです。というか、自分の名前さえ、知らなかったぐらいです。えと、でも、杉崎って、言うんですよね？」

「いえ、先輩です」

「先輩⁉　え⁉　もしかして僕の名前、『杉崎　先輩』なの⁉」

「そーです」

「ええ！　で、でも、なるほどなぁ！　だから、キミは先輩って呼ぶんだね！　納得！」

「いや納得すんなよ！　真冬も、混乱させるようなこと言うな！」

あたしは二人の会話に割って入る。あ、危《あぶ》ねぇ。記憶喪失杉崎鍵、純粋《じゅんすい》すぎて駄目《だめ》だ！

その様子たるやまるで、生まれたばかりの雛鳥《ひなどり》！　あたし達に教えられたこと、このまま
じゃ全部吸収《きゅうしゅう》しちゃう勢いじゃ……。…………。……まてよ。

そう考えた瞬間《しゅんかん》、全員が同じ思考を辿《たど》ったらしく、一瞬《いっしゅん》、目が暗く輝《かがや》いた。

「？」

鍵が首を傾《かし》げている。…………い、いやいやいやいや、それは駄目だろう、倫理《りんり》的に！

いくらなんでも、記憶喪失の人間相手に、自分達に都合《つごう》のいい過去をすり込《こ》もうなんて、

そんな……。……見れば、全員が、頭をぶるんぶるん振《ふ》っていた。やはり同じ思考を辿っているらしい。

気を取り直して、真冬が対話を続ける。

「こほん。では先輩、ホントになにも……自分に関することは、すっかり忘れているということで、いいんですね？」

「うん、そうだね……。あ、唯一覚《ゆいいつおぼ》えている言葉は……」

「なんですか⁉ 覚えていること、あるんですか⁉」

皆《みんな》がその発言に、ぐわっと注目する！ そんな中……彼は、答えた！

「残響死滅《エコー・オブ・デス》……」

『なんでだぁ――――――――――――――――！』

激しくどうでもいいことだけ覚えていた！

鍵は急に「くっ」と呻《うめ》き、頭を押さえ、呟《つぶや》き始める。

「い、いや、待って下さい……。……これは……に、兄さん⁉ 兄さんなのか⁉」

「杉崎が変なとこだけ詳細《しょうさい》に思い出したぁ！」

「ま、マフユさん！　僕には、残響死滅という兄さんが、いたんですね⁉」

「い、いいえ、先輩にお兄さんはいないと思います……」

「な、なんですって⁉……はぁ。記憶、取り戻したと思ったのに……。明確なビジョンが蘇《よみがえ》ってきたのに……。それが、全くの嘘《うそ》だなんて……。僕はもう、何を信用したら……」

「い、いいえ、あの、それがその、全くの嘘とも言えなくてですね……」

「そ、そうなんですか⁉　やっぱり僕には兄さんが⁉　ハッ！　そうか……なにかハッキリと言えない、理由があるんですね⁉」

「そ、そうですね……まあ、なんというかですね……ああ、説明が面倒臭《めんどうくさ》いです！」

「くっ！　ま、また頭が……。……これは……に、兄さんと僕が、なんだか、怪《あや》しい雰囲《ふんい》気《き》⁉　そ、そうか……僕と兄さんはつまり、そういう関係だったんですね！　だから、皆さん、言葉を濁《にご》したんですね！　そうなんですね、マフユさん！」

「そうです」

「おい！」

あたしは我《わ》が妹を睨《にら》み付けた！　真冬は視線を逸《そ》らし、吹《ふ》けもしない口笛《くちぶえ》を「ひゅー」と鳴らしている。な、なんて妹だ！　この機会に鍵を、本気でＢＬ少年にしようとしやがった！

鍵が一人愕然《がくぜん》とする中、今度は知弦さんがフォローするかのように、対話を始める。

「き、キー君？　その、あんまり残響死滅さんのことは突き詰《つ》めない方が……」

「……そうですか。うん、触《ふ》れてはいけない過去って、誰《だれ》にでもありますもんね……」

「い、いえ、そういう類《たぐい》のものでもないのだけれど……。と、とにかく！　一旦《いったん》そこは置いといて貰《もら》えるかしら、キー君」

「はい……分かりました。ところで、僕をキー君？　と呼ぶ貴女《あなた》は？」

「私？　あ、まず自己紹介《じこしょうかい》すべきだったわね。私は、書記の紅葉知弦。ついでに言っちゃえば、既《すで》に知っているだろうけど、さっき貴方が喋《しゃべ》っていたのが、会計の椎名真冬ちゃん。そのお姉ちゃんで、貴方の隣《となり》に座《すわ》っているのが、貴方と同じく副会長の椎名深夏。そして、このちっこい会長さんが、桜野《さくらの》くりむよ」

「なるほど。小学生を会長さんにするなんて、画期的《かっきてき》かつ先進的な学校なんですね」

「うきゃー！」

「うん、記憶喪失《きおくそうしつ》キー君はアカちゃんを怒らせる天才ね。あのね、この子、れっきとした高校三年生なの」

「え!?　そうだったんですか……。……可哀想《かわいそう》に……」

「うきゃきゃきゃきゃきゃきゃー！」

ひゅ

「うん、それぐらいにして貰えるかしら、キー君。アカちゃん、もう怒りが処理出来なくて壊《こわ》れかけてるから」

実際、会長さんは今や獣《けもの》のように生徒会室を跳《は》ね回っていた。……会長さん……。

「はぁ……。あ、そう言えば、気になってたんですけど、どうして僕、キー君なんですか？　確か、杉崎……っていうんでしたよね、僕」

「ええ、そうよ。このあだ名は、名前の方が由来《ゆらい》」

「名前？　あ、僕の名前、先輩《せんぱい》じゃないなら、なんなんですか？　キーだから……。きんじ……謹治とか？」

「いえ、キートンよ」

「キートン⁉　杉崎キートン⁉　ハーフ⁉　でもなるほど、だったらキー君だ！　納得！」

「いや、だから納得すんなよ！」

あたしがついてないとホント危ないな、コイツ！

「冗談《じょうだん》よ、キー君。ホントの名前は、けん。鍵《かぎ》と書いて、けんよ」

「鍵……ですか。なるほど、だからキー君。納得」

記憶喪失の鍵は、事実かどうかはさておき、理屈《りくつ》さえ通ってりゃなんでもかんでもすぐ納得する傾向《けいこう》にあるようだ。うーん、危険だ……。

「でも、僕をそんなあだ名で呼ぶなんて……。貴女と僕の関係ってつまり……」

「主従関係ね」

「主従関係⁉　そ、そうか！　ペットを愛称《あいしょう》で呼ぶのは当然ですもんね！　納得！」

「いやそれは違《ちが》──わなくもないか」

ツッコミづらかった！　確かに普段《ふだん》から若干《じゃっかん》主従関係だぜ、ここ！

「それにしてもキー君……。主《あるじ》たる私のことを忘れてしまうなんて、私は、悲しいわ」

「ご、ごめんなさい。……紅葉さんは美人ですし、主ですから、多分昔の僕は、凄《すご》く貴女のこと大好きだったんでしょうね……」

「う」

あ、知弦さんが照《て》れた！　自分でその設定作っておいて！

「ま、まあ、そうね。うん、キー君は私のこと、確かに、大好きだったわね」

「そうなんですか……。確かに紅葉さんは知的でクールで優《やさ》しくて……素敵《すてき》だもんなぁ」

「……うぅ」

ああっ！　めっちゃ顔赤くなってるよ、知弦さん！　だったらやらなきゃいいのに！

そして、なんかあたしモヤモヤするんですけど！　なんだこれ！

「と、とにかくキー君！　私のことは何か、思い出せないかしら？」

「そうですね……。……むっ！　むむむむ！」

「ど、どうしたの、キー君！」

「あ、頭がまた……。なんだこれ……この映像……。おかしい……これは、流石《さすが》に、ただの幻想《げんそう》だな……。自分で作り出した、妄想《もうそう》なんだろうな……」

「なに？　何か見たの、キー君？　だったら、言ってみなさい」

「わ、笑わないで下さいよ？　主従関係とか、そういう単語聞いた僕の作り出した、捏造《ねつぞう》記憶だと思うんで……」

「笑わないわよ。で、どんなの思い出したの？　私に虐《しいた》げられている場面かしら……」

思い当たるフシがありすぎて困《こま》る。しかし鍵はそんなあたし達の予想に反して、ある、特殊《とくしゅ》すぎる場面を思い出していた！

「もきゅもきゅ言う、紅葉さんらしき顔した生き物の映像が……」

『なぜそこ!?』

知弦さんのエピソードの中で、最も特異《とくい》で参考にならない場面だった！

「いや……ごめんなさい。こんなの、あるわけないですよね。紅葉さん、人間だし……」

「え、ええ……そ、そうね」

「まったく……僕の脳《のう》みそは、どうなっているんだか。こんな映像作り出すなんて。記憶喪失前の僕は、変態《へんたい》さんかなにかだったんでしょうかね」

「え、ええと、なんと答えたらいいのやら……」

色々ややこしい！　確かに変態さんは変態さんなんだけども！　そのエピソードは、全然間違《まちが》ってないし！　でも知弦さんのキャラ思い出すキッカケとしては微妙《びみょう》だし！

知弦さんが、話を逸《そ》らすかのように訊《たず》ねる。

「キー君。私に関すること、他には覚えてないの？」

「そう言われましても……すいません。なにをとっかかりにしていいのか。よろしければ、なにか、紅葉さんを象徴《しょうちょう》するエピソードなんかを聞かせて頂《いただ》ければ……」

お、それは名案かもしれないぞ。不本意ながら、あたし達の活動には、絶対に記憶に残っているであろう衝撃《しょうげき》的な展開も多いからな！　いいキッカケになるかもしれない。

知弦さんは「私を象徴……ねぇ」としばし宙空を見つめ、そして、何かを思い出したかのように、温《あたた》かく、ふふっと微笑《ほほえ》んだ。

「そうそう。一度、キー君の体をのこぎりでバラそうとしたことがあったわぁ……」

「えええええええええええええええ!?」

記憶喪失の鍵に、かつてない衝撃が走っている！　しかしあたし達はと言えば、確かに懐《なつ》かしい……本で言えば一巻中盤《ちゅうばん》ぐらいの、初々《ういうい》しい頃《ころ》のエピソードだったので、「あったなぁ」と全員でほわんと思い出に浸《ひた》っていた。

しかし、そんな思い出に溶《と》け込めない青年が、一人。

「いやいやいやいやいやいや！　え、なんですか、この温かい空気感！　全然、心温まるエピソードとかじゃないですよねぇ!?　というか僕って、紅葉さんと、どういう関係にあったんですかっ！」

「だから主従関係って言ってるじゃない」

「以前の僕、凄《すご》い忠義ですねっ！　のこぎりでバラされそうになってんのに、まだ貴女と良好な関係築《きず》けていたんですかっ!?」

「むしろ、それからもっと親密になったとこ、あるわね」

「どういう経緯《けいい》!?　僕、変態さんどころの騒《さわ》ぎじゃないですよねぇ!?」

「あ、それはそうよ。キー君を、そんじょそこらの変態と一緒《いっしょ》にして貰っては困るわ」

その言葉に、あたし達も「うんうん」と頷《うなず》く。鍵は余計に混乱気味だった。

「なんで僕、変態として不動の地位を築いているの⁉　昔の僕、本気でどんな人間⁉」

その問いに、あたしは「どんなっつわれてもなぁ……」と妹の方を見た。

あたしの視線を受けて、真冬が発言する。

「そうですね……本能に忠実すぎるという意味では、人類という種をも超越《ちょうえつ》した、オスだった、と言えるかもしれません」

「なにその恐《おそ》ろしい存在！　僕、何者だったんですかっ！」

その問いには、会長さんが頭を掻《か》きながら答える。

「何者かと訊《き》かれたら、まあ……犯罪者《はんざいしゃ》？」

「犯罪者⁉」

「あ、訂正《ていせい》するよ。杉崎は、ギリギリ犯罪のラインを、ちょろっと踏《ふ》み越《こ》えてしまっているだけの人、だよね！」

「犯罪者じゃん！　僕の記憶が正しければ、それを、犯罪者と言うと思います！」

「大丈夫大丈夫《だいじょうぶ》。言っても、小悪党《こあくとう》レベルだから」

「いやそれでもショック――……っ、う！」

「す、杉崎⁉」

唐突《とうとつ》に、鍵が頭を押さえてうずくまってしまった！　心配して覗《のぞ》き込むあたし達を、鍵は「だ、大丈夫です」と手で制すも……しかし、焦点《しょうてん》の定まらぬ目が、ぐるぐると動いている。

「これは……思い出しました……。僕は……僕を、ようやく一つ、取り戻《もど》しました！」

「お、おお！　やったね、杉崎！　それでそれで、何を思い出したの――」

「僕は、貴女の言う通り、小悪党だったでゲス！」

『余計なこと思い出したぁ――――！』

なんかピンポイントで参考にならないとこばかり回復する記憶喪失だった！

すっかり自分のキャラを取り戻したと思い込んだ鍵が、一人、呟《つぶや》く。

「うん……しっくりくるでゲス。僕は元々、この口調だったでゲス。そうなんでゲスね、会長さん！」

「え、あ、その、まあ、そういう時期があったりなかったり……」

「やっぱりでゲスか！　納得《なっとく》ゲス！」

「えと、杉崎。その記憶は間違いじゃないんだけど……その、出来れば、普《ふ》通《つう》の口調でいてくれるとありがたいなー……とか」

「む。…………確かに、そうかもしれませんね。僕も、あまりいい口調だとは思いません。こういう機会に、ちゃんと治《なお》した方がいいのかもです。分かりました！　今後僕は、ゲスを、使いません！　僕は、ちゃんと喋る僕に、変わります！」

「う、うん。……いや、元々、ちゃんと喋ってたんだけどね……」

会長さんが疲《つか》れた様子で肩《かた》を落とす。……記憶喪失になってもまだ厄介《やっかい》な男だとは……杉崎鍵。侮《あなど》れないヤツだぜ。

一つ記憶を取り戻して元気が出たのか、鍵は「他には？」とあたし達にエピソードを催《さい》促《そく》してくる。

すると、真冬がスッと右手を上げた。

「えーと、先輩にとって重要そうな出来事、でいいんですよね？」

「うん。そもそも覚えてないようなことだと、意味ないからね」

それを受けて。真冬が「でしたら」と続ける。

「真冬、先輩に告白しましたよ、昔。覚えてませんか？」

「え、ええっ⁉」

鍵が顔を赤くして仰《の》け反《ぞ》る。……まあ、あれは確かに、鍵にとっては忘れられない出来事だろうが……。でもオチがオチだし、どうだろうなぁ。

鍵は照れながら、真冬に質問する。

「あの、それで、僕は、それを受け入れたの？」

「受け入れ？　えーと、まあ、はい。受け入れるというよりは、むしろ、先輩の方が先に真冬のことを好き好き言ってましたし……」

「ええ⁉　そうだったの⁉　じゃあ、僕とキミは、恋人《こいびと》同士ということだね！」

「いえ、違います」

「違うの⁉　なんで⁉　両想《おも》いじゃないの⁉」

「いえ、ラブラブですよ。両想いですし」

「⁉　あ……あぁ、もしかして、その、別れたの……かな？」

「いえ、ですから、別れるも何も、最初から付き合ってないんです」

「⁉」

あー……まずい。記憶喪失杉崎鍵、混乱しすぎて涙目《なみだめ》だ。しかし真冬の方は特に悪気がないらしく、問答無用で説明を続ける。

「真冬としては、むしろ先輩と中目黒《なかめぐろ》先輩のカップリングの方を、重要視してますし」

「新しい登場人物出て来た！　そして、なんか歪《ゆが》んだ関係なんだね、僕達！」

「失礼な。先輩と真冬は、相思相愛《そうしそうあい》の先輩後輩《こうはい》でしたよ！」

「どういうこと⁉　ええと、つまり、なんか三角関係っぽい話？」

「いえ、全然。むしろ先輩と中目黒先輩のピュアラブストーリーですよ。真冬は言わば、それを見守る語り部《べ》、と言ったところですよ」

「そ、そうなの？　えーと、じゃあその、中目黒さんという女性が僕の恋人……」

「何を言ってるんです？　中目黒先輩は、男の子ですよ！」

「⁉　え、なに、もう、どういうこと⁉」

「どういうこともなにも、そういうことです」

「！　そ……そういうことなの⁉」

「はい！」

「……な、なんてことだ……。残響死滅《エコー・オブ・デス》兄さんのことといい……やっぱり僕は……」

鍵がガックリと肩を落としていた。さ、流石《さすが》にこれはフォローしておいた方がいいかな。

「いや、鍵。あのな、元のお前は男に興味《きょうみ》あるような人間じゃなくて……」

「分かってます」

「あ、分かってるのか。ならいいんだが……」

「真冬さんにも好きって言ってるんですから……僕はつまり、節操《せっそう》の無い、バイセクシャルだったんですよね！ 納得です！」

「ああっ！ なんかまたややこしい誤解を！ 確かに節操は無かったがな！」

「やっぱり！」

「いや、そうじゃなくて、お前が好きなのは……」

「僕はどうせ、年中頭の中そんなことばっかりで、ハーレムでも作ろうとしてたんでしょ！ そういう、最低野郎《やろう》だったんでしょうねぇ！」

「結論だけは正解なんだけどなっ！ 正解なんだけどもっ！」

説明が難《むずか》しかった！ とりあえず、妙《みょう》な誤解を植え付けた我《わ》が妹を睨《にら》む。真冬は視線を逸《そ》らし、吹《ふ》けもしない口笛《くちぶえ》をまた吹いていた。……まったく！

鍵がすっかり落ち込んでしまっている。そんな彼を流石に見かねたのか、会長さんが、

「そうそう！」と新しい話を振《ふ》った。

「杉崎のエピソード、他にも沢山《たくさん》あるんだよ！」

「どうせろくでもないことなんでしょ……。僕なんて……記憶喪失《きおくそうしつ》前の僕なんて、最低野郎だったんだ……。絶対そうなんだ……」

「う、な、なんか一概《いちがい》に否定できないんだけど、と、とにかく！　そんなに悪いヤツではないよ！　うん！　ちゃんといいこともしてた！」

「いいこと？　例《たと》えば、どんなことです？」

「そ、そうねぇ」

会長さんが考え込む。……考え込む。考え込む、考え込む、考え込む、考え――

「やっぱり僕は極悪人《ごくあくにん》だったんだぁ――――！　うわぁ――――ん！」

「ち、違うのよ！　ほら、えーと、沢山ありすぎて、迷《まよ》っただけよ、うん！」

「嘘《うそ》ですよ。じゃあなんでもいいから、一つ、僕の善行《ぜんこう》言ってみて下さいよ！」

「そ、そうね……」

まずい。会長さんの目が泳いでいる！　あれは、全《まった》くノープランだ！　あたし達でフォローしてやりたいが、悲しいかな、鍵の善行エピソードなんてそうそう出て来ない！

妙《みょう》な緊張感《きんちょうかん》が生徒会室に漂《ただよ》う中……会長さんは、苦し紛《まぎ》れに叫《さけ》んだ！

「杉崎は、勇者として世界を救う旅をした経験まであるんだよ！」

「え……。えええええええええええええええええ!?」

記憶喪失杉崎鍵に、またも衝撃《しょうげき》が走る！　衝撃が走りすぎていて、会長さんが小声で「夢で」と付け足したことにも気付いていない！

あたし達が「どうすんだこれ……」という空気で見守る中、鍵は、またも混乱状態に陥《おちい》っていた。

「ぼ、僕、本格的にどういう存在なんですかっ！　普通の人間じゃないんですか⁉」

「ま、まあ、そうね。確かに普通……では、ない、かな」

「もしかして……あれですかっ！　勇者とか自分で名乗っちゃうような、そういう、痛々しい感じの子だったんでしょうかっ！」

「いや、そういうのとも違って、勇者だったのは、事実というか……」

「事実なの⁉　僕、ゲスゲス言ってバイセクシャルで勇者だったの⁉」

「ま、まあ、どれも間違《まち》っては、いないよね」

「ええ――――⁉」

「で、でも、それだけじゃないよ！　えっと、杉崎鍵っていう人間の核《かく》は、全然、そういうところじゃなくて……」

「今までの衝撃的プロフィールでさえ、僕の核じゃないんですか⁉」

「う、うん。むしろ、上《うわ》っ面《つら》というか……」

「上っ面!?　あの濃《こ》いキャラ特性でさえ、上っ面ですと!?」

「杉崎を一言で言うなら……そうだねぇ……」

「な、なんでしょうか」

ごくりと唾《つば》を飲み込む鍵。会長さんは、ぽんと手を叩《たた》いて、にこやかに答えた。

「カス、だね！」

「僕、今完全に生きる気力失ったんですが！　カスですか！　総合的に見て、僕はカスなんですかっ！」

「い、いい意味でね」

「どうやっていい意味に受け取れと!?」

「なんというか、人間の醜《みにく》いところの集合体、とでも言うのかなぁ」

「フォローの言葉が来ると思ってたところに、まさかの追い打ち!?」

「いい意味でね」

「便利ですね、その言葉っ！」

「と、とにかく、杉崎……キミという人間は、キミが思ってるほど、悪いヤツじゃないよ！　私が保証する！」

「貴女《あなた》に保証されても！　もういいです！　僕は……ぼくは……俺《おれ》は、どーせ最低の野郎なんだぁあああああああああ」

『⁉』

刹那《せつな》。生徒会メンバー全員の顔が、違和感《いわかん》に歪《ゆが》む。なんだ。今、なんか、鍵が鍵に見えたぞ……って、あたしは何を言ってるんだ。

あたしが違和感の答えを出せず戸惑《とまど》っていると、知弦さんが、鍵に「ねぇ」と声をかけた。

「貴方《あなた》今、自分のこと、なんて言った？」

「へ？　ええと、最低の野郎？」

「そうじゃなくてっ……ああ、もう！　つまり、貴方は誰《だれ》っ！」

「はい？　いや、俺は、俺ですけど……」

『！』

今度こそ、違和感の正体がハッキリした。真冬が、興奮《こうふん》して叫ぶ！

「『俺』って言ってます！　先輩の一人称《いちにんしょう》が、元に戻《もど》ってます！」

あたしは、思わず鍵の肩《かた》を掴《つか》んだ！

「お、おい、鍵！　お前、記憶《きおく》取り戻したのか!?」

「え？　いや……俺が最低だったってこと以外は、特に……」

「そ、そうか。……でも、なんか口調とか徐々《じょじょ》に戻って来てるんじゃねぇか、これ！」

あたしの言葉に、会長さんが「うん！」と嬉《うれ》しそうに頷《うなず》く。

「なんか杉崎っぽくなってきたよ！　俺って言ってるし、口調も砕《くだ》けてる！」

そしてこの状況《じょうきょう》を、知弦さんが分析《ぶんせき》。

「個々のエピソードがどうこうというより、生徒会の、この空気感で思い出すものがあったのかもしれないわね。そして、アカちゃんの言葉にテンション高く応じているうちに、彼のキャラ部分が、戻って来たのかもしれないわ」

「？　俺はよく分かりませんが……」

鍵はぽかんとしていた。しかし、確かに、前の状態より「鍵っぽく」はなっている！

会長さんが、興奮気味に叫んだ。

「これはもう、あと一押しよ！　あとは、思い出さえ戻ってきたら、もう完璧《かんぺき》よ！」

「お。この生徒会の皆《みな》さんって、よく見ると美しいですね。……ほわぁ」

「うん、なんか若干《じゃっかん》キャラが戻って来て残念な感もあるけど！　モチベーション少し下がるけど！　とにかく、ここまで来たら、もうあと一押し！」

「で、でも、これ以上こいつの記憶を呼《よ》び戻せそうな手段なんて……」

あたしの言葉に、生徒会全員が、腕《うで》を組んで悩《なや》み始める。

しばし全員で考えていると……真冬が、なぜか、とても申し訳《わけ》なさそうに、手をひょろひょろと上げた。

「あ、あのぅ……」

「なに、真冬ちゃん」

会長さんに当てられ、真冬が、おずおずと、言葉を漏《も》らす。

「なんか今更《いまさら》、凄《すご》く言いづらいことなんですが……」

「だから、なんなのよ、真冬ちゃん。早く言いなさいよ」

「じゃ、じゃあ……あの、言っちゃいますよ？」

「はっきりしないわねぇ。もう、なんなのよ――」

と、会長さんがしびれを切らした、その時。真冬はポシェットからとある文庫本を数冊取り出し、宣言した。

「最初から『生徒会の一存』シリーズを読ませれば、それで済《す》んだ話なんじゃ……」

『…………』

圧倒的沈黙《あっとうてきちんもく》。鍵だけキョトンとしている中、全員が、ダラダラ汗《あせ》をかく。

……ま、まあ、そんなわけで。


鍵、プロローグやエピローグなど飛ばして読書中

「……ふぅ」

四巻あたりまでをざっと読み終えて。鍵は、一息ついた。

あたしは彼に「ど、どうだった？」と訊《たず》ねる。すると……鍵は、なぜか、頭を抱《かか》えてしまい、暗く暗く、呟《つぶや》く。

「俺ってやつぁ……」

『（落ち込んだぁ——！　自分の本来のキャラ知って、落ち込んだぁ————！）』

皆《みんな》が見守る中、鍵は、ワナワナと震《ふる》えている！

「なんすかっ、俺。なんなんですかっ、俺。なにハーレムとか言っちゃってるんですかっ。

頭いっちゃってるんじゃないですか、俺！」

「い、いや、鍵。なにもそこまで自嘲《じちょう》しなくても……」

「確かに、皆さんのことは美しいと思いますよ。でも、だからって……」

「う、うん、鍵、ほら、お前一巻の最終話飛ばしてただろう？　これ読めよ、な？」

あたしがハーレム思想の理由が分かる一巻を薦《すす》めるも、しかし鍵は、「いいです……」

とそれを拒否《きょひ》した。

「俺はもう、これ以上、俺を取り戻したくないです……」

『（逆効果⁉）』

「決めました。俺、記憶をなくして、良かったんだと思います。俺はこのまま、過去を捨《す》て、真面目《まじめ》に生きていきたいと、思います」

『（改心しちゃった⁉）』

全員がダラダラ汗をかく中、鍵はキリッと表情を引き締《し》め、宣言する。

「ここは俺のハーレムでは、ありません！」

『（なんか衝撃発言飛び出したぁー！　主人公自《みずか》ら、シリーズ全否定だぁ！）』

鍵はなぜかスッキリした表情で、爽《さわ》やかに告げる。

「これにて、一件落着ですね！　会議に戻りましょう、皆さん！」

『いやいやいやいやいやいやいやいやいやいや』

全員で慌《あわ》てて鍵を止める。彼はしかし、まだキョトンとしていた。

「どうしたんですか、皆さん。あ、俺記憶無いんで、また、ご指導《しどう》ご鞭撻《べんたつ》の程《ほど》、よろしくお願いします。……さて、真面目に会議しましょうか！」

「う、うん。……って、そうじゃなくて！　駄目《だめ》だよ、杉崎！　全然記憶戻ってないじゃん！」

「大丈夫《だいじょうぶ》ですよ！　記憶無くても、今の俺は、昔の俺より素敵《すてき》になれると思います！」

「ああ、爽やかっ！　なにこの爽やかオーラ！　否定材料がないよ！」

「皆さんには、なんだかご迷惑《めいわく》をおかけしました。これからの俺は、一味違《ちが》います。見ていて下さい！　記憶喪失《そうしつ》前の俺の罪《つみ》、償《つぐな》ってみせますから！」

「決意しちゃってる！　なんかもう、記憶取り戻す気、完全になくなっちゃってる！」

鍵のあまりの爽やかさに、真冬が「やっぱり本を読ませたのは失敗でした……」とガックリ落ち込んでいる。あたし達も、ため息を漏らした。

それを見て。鍵が怪訝《けげん》そうな表情をする。

「えと……どうしたんですか、皆さん。ザッと本を読んだ限りだと、皆さんも、前の俺の行動には辟易《へきえき》していたように感じましたが……」

「えと……まあ、それはそうなんだけどな」

あたしが微妙《びみょう》な表情で答えると、鍵は、「だったら」と言葉を続けてきた。

「これで、特に問題ないのでは？　あ、皆さんとの思い出のことでしたら、追々《おいおい》本を読んで学習していこうと思いますので。ご安心下さい」

『…………』

「……皆さん、どうして、そんなに微妙な表情をなさるのですか？」

「……それは……」

「……皆さんがそんな表情だと……なんだか俺……」

そう言って、鍵は胸《むね》のあたりをギュッと押さえる。なんだか本気で悲しそうなので、あたしは慌ててフォローした。

「い、いや、鍵！　今のお前が悪いわけじゃなくてだな」

「いえ……違うんです。……なんだろう……ダメなんです。ハーレムだなんて思ってないのに……思い出なんか無いのに……皆さんのそういう表情見ると、なんだか、胸の奥が、芯《しん》が、凄く締め付けられるんです」

「鍵……」

ああ、こいつは、記憶を失っても、改心しちゃっても、根本のとこが、そういうヤツなんだな。だから……だからこそ、妹さんや幼馴染《おさななじみ》のことを引きずるし、自分のことより、他人の痛みを優先してしまうんだ。

皆で顔を見合わせる。……皆、相変わらず悲しそうながらも……今の鍵を見て、泣き笑いのような表情を浮《う》かべていた。……皆、気持ちは、同じようだ。

代表して、知弦さんが鍵に声をかける。

「いいのよ、キー君。記憶を取り戻してほしいのは変わりないけど……そんなに貴方が罪悪感《ざいあくかん》を覚えること、ないの」

「いえ、ダメです。ダメなんです。俺の記憶やキャラがどうとか、もう、そういう問題じゃないんです。俺が生徒会の皆さんにそんな表情をさせてることが、許せないんです」

「うん……今はその言葉だけで充分《じゅうぶん》よ。その言葉は、記憶があるなしじゃない、紛《まぎ》れもなく、キー君の言葉よ」

「紅葉さん……でも俺……」

「いいのよ、キー君。ちょっとずつで、いいの……」

「うぅ……」

遂《つい》には鍵がぽろぽろと涙《なみだ》を流し始めてしまった。……なんか、あたしも泣きそうだ。なんでだろう。コイツが悪くないのは分かるし、仕方ないと納得《なっとく》しようとはしているんだが、それでも、昔の鍵が戻ってこないことが、どうしようもなく悲しい。

あいつの性格なんて、ホント軽蔑《けいべつ》してたハズなのに。改心してくれることを、望んでいたハズなのに。いざこうなると……たまらなく、悲しい。

見れば、会長さんも鍵には見えないようにしながら、声を押し殺しながら、袖《そで》で目元をごしごし拭《ぬぐ》っていた。真冬は、完全に俯《うつむ》いてしまっている。

生徒会室にいたたまれない沈黙《ちんもく》が降《お》りて――

《ガラガラガラガラ！》

「おーい、生徒会共《ども》！　ここに来る途中《とちゅう》、校内でエロい雑誌貸《か》し借《か》りしているヤツ見かけたから、生徒会顧問《こもん》である私がしっかり没収《ぼっしゅう》してきてやったぞ！　ありがたく――」

「うひょぉ――――！　マジっすか！　俺に見せて下さい、見せて下さい！　やだなぁ、違いますよ！　チェックですよ！　没収に値《あたい》するものかどうか、この学園のハーレム王、杉崎鍵が判断してあげようという心意気ですよ！　ほらほら、早く貸して下さい！……

……うぉっほう！　こいつぁ……上物《じょうもの》だぜ……ごくり……」

『…………』

入り口傍《そば》で立ち尽《つ》くす真儀瑠《まぎる》先生から雑誌を奪《うば》い取り、一人床《ゆか》をゴロゴロ転《ころ》がり悶《もだ》えまくっているエロ男を、あたし達は……言葉では形容できない視線で、見つめる。

状況《じょうきょう》が分かってない真儀瑠先生は一人、「おいおい」といつも通り鍵に声をかけていた。

「ほどほどにしておけよ、杉崎。私が返す時に手垢《てあか》で汚《よご》れているなんて状況は、勘弁《かんべん》してくれ」

「分かってますって！　エロ本を扱《あつか》わせたら、この俺、杉崎鍵の右に出るものなんてそういないですよ！　ソフトタッチ・ケンと呼ばれた男ですよ、俺は！」

「なんだその誇《ほこ》れない二つ名は。……ん？　どうした、お前ら」

先生は入り口側の自分の席に腰《こし》を下ろしながら、あたし達に訊ねてくる。しかしあたし達の視線はずっと、入り口前で寝転《ねころ》びながら悶えまくっている男を……ジーッと、捉《とら》えていた。

まず真冬が、彼に声をかける。

「……あの、先輩《せんぱい》」

「ん、なんだい、真冬ちゃん！　一緒《いっしょ》に読むかい？　美少年だけじゃなくて、女性の美しさを再認識するのも重要だよ！」

「……いえ、いいです」

真冬が暗ーい顔をしながら引き下がる。そして、次は会長さんが声をかけた。

「ねえ、杉崎。今の杉崎は……そういうエロいのが、好きなんだっけ？」

「なぁに言ってんスか、会長！　俺は昔から、美しい女性は全部好きです！　ぺったんでも安心して下さい！　それはそれで、また違った角度から好きですから！」

「あそう……」

会長さんもまた、暗ーい……いや、どす黒いオーラを醸《かも》し出していた。

次に、知弦さんが、確認をとる。

「ねえ、キー君。ここは、キー君にとって、なに？」

「はぁ!?　なんですか知弦さん、その今更《いまさら》な、失礼とさえ言える質問は！　ここは、俺のハーレムですよ！　それ以外、なんだって言うんですかっ！」

「……うん、そうね……」

ああ、知弦さんが、もう逆に笑顔だ！　血管ブチブチ切れてるけど、笑顔だ！

最後に。あたしが、核心《かくしん》を突《つ》かせて貰《もら》う。

「ところで、記憶《きおく》は戻《もど》ったのか、鍵」

その問いに。鍵は、エロ本から全《まった》く視線を逸《そ》らさず、どーでもいいような様子で答えてきた。

「記憶？　あー、なんかさっきまで失ってたっけ、俺。やー、わりぃわりぃ、深夏。でもほれ！　こんな上物見せられたら、記憶なんて一発で戻るってもんだぜぇ！　うひょぉ！」

「ほぉ……。……あたし達が散々《さんざん》心を痛めて、苦労しても戻らなかった記憶が……。……そんな下《くだ》らねぇエロ本一冊で、あっさり戻ったと……」

「下らないとはなんだ、下らないとはっ！　女性の裸体《らたい》の美しさを否定するヤツは、たとえ深夏だろうと、許さないぞ！」

「……許して貰わなくて結構《けっこう》だよ。…………あたし達も、許す気、ねぇから」

「そうかそうか。…………。……へ？」

鍵がようやく、こちらを向く。しかしもう……遅《おそ》い。

なぜなら。

既《すで》にあたし達四人は、それぞれ手に凶器《きょうき》を持って、鍵を、取り囲《かこ》んでいたのだから。

＊

「……あのぉ。すいません、僕は、誰《だれ》なんでしょう?」

「さ、今日も会議、始めるよー!」

『おおー!』

「わっ! な、なんですか、このテンション高い集団! っていうか、聞いてます!? 僕は一体、誰なんでしょうかっ!」

「さぁて、今日の議題だけど……」

「ちょっと聞いて下さいって! 僕は一体誰で……そしてなんで、こんなに大怪我《おおけが》してるんですかっ! いえ、というかまず、救急車を! 救急車を誰かっ! ちょ! ど、どうして皆《みな》さん、無視するんですかぁっ!」

【そもそも】

「ふっふふふーん」

俺《おれ》は今日も今日とて生徒会室で、ハーレムメンバーを待っていた。やはりこの時間は、テンションが上がる。祭りや、遠足の前日のあの気分と同じだ。これから大好きな女の子達に会えると思うと、毎日、楽しくてしゃーない。

自分の席について鼻唄《はなうた》を歌っていると、早速《さっそく》、ガラガラと扉《とびら》が開いた。俺は笑顔でメンバーを迎《むか》え——

「おーほっほっほっほ！　来てやりましたわよ、生徒会！」

「…………」

「ああっ！　美少女好きなハズの貴方《あなた》が、なぜわたくしをそんな視線でっ！」

「……いや、まあ、いいんですけどね」

俺は嘆息《たんそく》して応じる。なぜか、リリシアさんが生徒会室にやってきていた。ちゃんと出迎える気にもならず、体だけ、そちらに向ける。

「んで、どうしたんですか、リリシアさん。見ての通りまだ誰《だれ》もいないんで、取材に来ても無駄《むだ》ですよ？」

「ふふん、今日は取材じゃないですわ。わたくしを、いつも新聞部のためだけに動いている女だと、思わないでほしいですわね」

「！」

「うん、そこでビックリマークの反応《はんのう》は、おかしいのではないかしら。貴方、わたくしをなんだと思っていたのかしら」

「すいません。でもホント、取材じゃなかったらなんの用事で生徒会になんて……」

と、俺が疑問を口にしかけた時。リリシアさんの背後《はいご》から、突如《とつじょ》、小さな影《かげ》が飛び出した！　それはサササと生徒会室に侵入《しんにゅう》すると、猛烈《もうれつ》な速さで俺の体に突進《とっしん》──

「にーさまぁ！」

「エリスちゃん⁉」

顔を確認する暇《ひま》もなく腰《こし》に抱《だ》きつかれてしまったが、間違《まちが》いない。この感触《かんしょく》、重み、そしてサラサラとした金髪《きんぱつ》は、紛《まぎ》れもない、エリスちゃんだった。

エリスちゃんは以前のように俺の膝《ひざ》の上にちょこんと乗っかり、改めて、向き直る。

「にーさま、おひさしぶり！」

「あ、ああ、久しぶりだね、エリスちゃん。でも一体……」

俺がそう惚《とぼ》けていると、リリシアさんが、勝手にずけずけ生徒会室に入ってきつつ、答えた。

「家の事情で今日は新聞部でエリスを預《あず》かってますの。で、エリスが折角《せっかく》だから貴方に会いたいとごねるので、ちょっと連れてきただけですわ」

「ああ、そうだったんですか。……エリスちゃん、元気そうだね」

「うん！　エリス、げんきっ！　にーさまも、げんき？」

「うん、元気元気だよ」

「したのほうも、げんきかね？」

「相変わらず藤堂《とうどう》家の教育方針《ほうしん》に憎悪《ぞうお》を抱《いだ》くね、キミの語彙《ごい》は」

リリシアさんの方に視線をやると、彼女はわざとらしく視線を逸《そ》らしていた。……この愚姉《ぐし》めっ！

「にーさまっ、にーさま！　エリス、おっきくなった！」

「ん？　あー、確かに、ちょっと背のびたかな？　子供の成長は早いなぁ」

「おっぱいも、おっきくなった！」

「うへ？」

俺が動揺《どうよう》していると、リリシアさんが、なぜか刺々《とげとげ》しい視線で俺を見つめてきた。

「……サイテーですわ……」

「いや、なんでですかっ！　俺不可抗力《ふかこうりょく》！　っていうか、エリスちゃんの年齢《ねんれい》じゃ、まだ胸《むね》がどうこうはないんじゃ……」

いくらなんでも、その辺の成長は中学生……早くて、小学校高学年くらいじゃないっけ？　俺がどう対応したものか困《こま》っていると、エリスちゃんは、ぷくっと頬《ほお》を膨《ふく》らませた。

「エリスの、『ばすと』、ふえたもん！」

「バスト？　あ、あー……胸囲《きょうい》って意味では、成長すりゃ、増《ふ》えるか。なるほど……」

「どう？　にーさま。エリス、せくしぃ？」

「ああ、セクシー、セクシー」

「エリスに、よくじょう、する？」

「するする」

「警察に通報しますわ！」

しまった！　合わせすぎた！　幼女《ようじょ》に欲情《よくじょう》すると宣言してどうする！

俺はとりあえずリリシアさんを宥《なだ》め、再び、エリスちゃんの方を向く。

「と、とにかく、エリスちゃんは、大人《おとな》っぽくなったと思うよ、うん」

「えへへー。これでにーさまも、メロメロだね！」

「ああ、メロメロ」

「したのほうも、ガッチガチだね！」

「ああ、ガッチガ――」

「もしもし、国防総省《こくぼうそうしょう》ですか」

「警察飛《と》び越《こ》して米軍の派遣要請《はけんようせい》は勘弁《かんべん》して貰《もら》えませんかねぇ！」

なんなんだ、この姉妹《しまい》は！　このコンビネーションは！　妹が罠《わな》を仕掛《しか》け、姉がそれを起動する！　と、とりあえず、疲《つか》れるのでさっさとお帰り願おう。

「よし、エリスちゃん。おにーちゃん、そろそろ生徒会の会議なんだ。リリシアさんと一緒《いっしょ》に、新聞部、帰ろうね？」

「えー！　にーさま……またあのおんなたちと、みだれるのね」

「うん、言い方がおかしいよね。まあ、確かに会議はいつも乱れてるけどね！」

「淫《みだ》れてるんだ……」

「なんか今違《ちが》う漢字で思考してたよね!?　なんでそんな字だけ知ってんの!?」

「とにかく、エリス、まだにーさまといたい！」

そう言って、エリスちゃんは俺の胸にぎゅーっと抱きついてしまう。

「こら、エリス。生徒会の会議なんかいくら妨害《ぼうがい》してもよろしいですが、ここは教育に悪いですし、早く帰りますわよ」

「うん、なんか沢山《たくさん》ツッコミたいことあったけど、大体お姉さんの言う通りだぞ、エリスちゃん。新聞部、帰ろうね？」

「うー！　やだぁー！　にーさまのいけず！　エリスを……エリスをこんなカラダにしておいてぇ！」

「杉崎鍵《すぎさきけん》……貴方……」

「いやいやいや、なんで俺をそんな視線で見るんですか、リリシアさん！　俺、エリスちゃんに別に何もしてないですよ！」

「うごくのは、いつも、エリスのほう……」

「杉崎鍵……貴方っ！」

「いやいやいやいや！　なんか言ってること自体はそう間違ってないんだけども！　やってることは、ただ俺の膝の上に座《すわ》って暴れてるだけですからね!?」

「うまれたままの、すがたでね……」

「杉崎鍵！　わたくしは、貴方を、許さない！」

「いやいやいやいや！　もう最後のに関しては、完全に嘘《うそ》ですから！　そんな経験、ないですから！　エリスちゃん！　なんでそんなこと言うの！」

「おんなのうそは、おとこのつみ」

「やっぱり杉崎鍵が、全《すべ》ての元凶《げんきょう》なんですわねっ！」

「ええええぇぇえええ!? ちょ、それは、いくらなんでも理不尽《りふじん》――」

リリシアさんに弁明しようと、俺は一旦《いったん》エリスちゃんを自分の膝から降《お》ろすべく、脇《わき》の下に手を差し入れ――


「……ぁん」


「！　わたくしの妹の胸に……触《さわ》るんじゃありませんわぁああああああああ！」

「え!?　いや、ちょ、ちが――――ガッ!?」

唐突《とうとつ》に、後頭部に衝撃《しょうげき》が走る！　視界の端《はし》では、リリシアさんが、片手でエリスちゃんを保護しながらも、もう片方の手に、生徒会室備《そな》え付けの湯呑《ゆの》みを持って、それを俺の頭に何度も振《ふ》り下ろしていた！

「この、変態《へんたい》、変態、変態、変態、変態、変態、変態、変態、ロリコン！」

「ぐ、が、げ、ご、ば、ぶ！」

「ね、ねーさま！　ねーさまったら！　も、もうやめてぇ！」

「はぁ……はぁ……」

頭への連続衝撃が、止まる。しかしその時の俺はもう……意識が朦朧《もうろう》とし、全てがどうでもよくなっていた。変態……ロリコン？　なにが？　あれ？　どうして、俺、こんなことになってんだっけ……。とりあえずわかることはと言えば、頭部からドクドクと、なにか大切な液体が流れ出てっていることだけだ。

誰《だれ》かが、俺に、声をかけている。

「に、にーさま……だいじょうぶ？」

「…………」

「に、にーさまがうごかない！　うごかないよ、ねーさま！」

「え⁉　そんなまさか……杉崎鍵？」

「…………」

「…………だ、大丈夫《だいじょうぶ》ですわ。息は、してますわ。人間、息して日光にさえ当たっていれば、それだけで百年は生きられるんですわ」

「そ、そうなの？　エリス、また、べんきょうになった！」

いや、エリスちゃん。それは違《ちが》――エリス？　エリスって、誰だっけ？

いや、それ以前に、俺って――

「……とりあえず、エリス。生徒会室の外の様子をみておいてくれるかしら。誰か来たら、知らせてくださいまし」

「うん？　わかったよ、ねーさま。ねーさまは、なにするの？」

「わたくし？　わたくしは……そう、治療《ちりょう》ですわ！　杉崎鍵の、治療をしておきますわ」

「そうなんだ。じゃあ、エリス、みはりするー！」

「はい、行ってらっしゃいですわ。……まずは、この血を止めなければ……。……絆創膏《ばんそうこう》で、いいですわよね」

ぺたぺたぺたぺた。なんか後頭部に何十枚も何かを貼《は》られ、そして、それを髪《かみ》で隠《かく》された。なんだこれ。

「いやいや、そんなことより、まずは指紋《しもん》を消しませんと……」

待て。

「それから、机に突《つ》っ伏《ぷ》したこの男をちゃんと椅子《いす》に座らせて……と、よいしょ、よいしょ。ふぅ。あ、この湯呑みは……げ、血痕《けっこん》ついてますわ。ふきふき。ついでに、机も拭《ふ》いて……と。アルコールがあればいいんですが……ルミノール反応《はんのう》が……」

治療？　これは、治療という行為《こうい》でしたでしょうか。今の俺には、もう何も……。

「あ、ねーさま！　だれかくる！　あれは……かいちょさんだよ！」

「！　ちぃっ！　仕方ないですわね！　ずらかりますわよ、エリス！」

「うん！　じゃあ、にーさま、またねぇー！」

「杉崎鍵……。……惜《お》しい男を、亡《な》くしましたわ。でも安心して下さいませ！　今の私に、罪悪感《ざいあくかん》は、一切《いっさい》ありませんですわ！　おーっほっほ！」

おいこら、待て、そこの——そこの、誰だ？

あれ？　誰？　誰って、誰が？　いや、俺？　俺？　俺って、誰だ？　僕《ぼく》？

頭の痛みが引き、だんだんと、意識が、回復してくる。

気付けば、そこは、どこかの一室。そこで、僕は、ただ座っているだけ。

扉《とびら》が、ガラガラと、開く。

「おっはよー！　お、杉崎、今日も早いねっ！」

誰かが、なにか、言っている。どうも僕の方に向かって、喋《しゃべ》りかけているらしい。

僕は……思い切って、彼女に、訊《たず》ねた。

「えと……貴女《あなた》は、どなたですか？　そして僕は、誰なんですか？」

【第三話〜三度の生徒会〜】

「受け手の想像力を程《ほど》よく喚起《かんき》させてこそ、優秀《ゆうしゅう》なエンターテイメントなのよ！」

会長がいつものように小さな胸《むね》を張ってなにかの本の受け売りを偉《えら》そうに語っていた。

しかし俺《おれ》達はそれに何かリアクションを返すこともなく、じっと次の言葉を待っていた。

「今日の議題はなんなのか」やら「その名言は何に関係しているのか」やら……そんな質問、するまでもなかったから。

席に着いた時点で。

いや、生徒会室の戸を開けた時点で、
今日の俺達は、全《すべ》てを察し、諦《あきら》めていたのだ。

なぜなら。

俺達の席には、既《すで》に、マイクがスタンバイされていたのだから。

というわけで。

会長「桜野《さくらの》くりむのオールナイト全時空・R！」

杉崎「俺達に出演拒否権《きょひ》は無いんでしょうかっ、この番組！」

♪　オープニングBGM　♪

会長「（妙《みょう》に早口で）さ、今日も始まりました桜野くりむのオールナイト全時空・R。碧陽《へきよう》学園生徒会が、北の大地から∞《むげん》局ネットでお送りしております、と。そんな感じで今日も二時間頑張《がんば》っていこうかなと思っているわけですがぁ、杉崎《すぎさき》さん。今週なにかありましたか？」

杉崎「なんかめっちゃこなれてる⁉　第三回目にして、もうベテランDJの風格出して来た！」

会長「今週は私、ちょっとロケでインドネシアの方行ってきたんですけどね。まーたやらかしてくれましたよ……マネージャーの『スプレー二世』が！」

杉崎「だから、なんでめっちゃこなれた芸人的トークしてるんですかっ！　つーかマネージャーって誰《だれ》！　スプレー二世って何！　あだなの由来《ゆらい》は！　それ以前に、ロケってなんの！　っつうかそもそもあんた自体が誰⁉」
知弦「キー君、まあ落ち着きなさいな。ラジオ中のアカちゃんの発言をイチイチ真《ま》に受けていたら、この二時間の長丁場《ながちょうば》、身が持たないわよ？」
杉崎「さりげに二時間番組であることは受け入れている⁉」
会長「それでね、構成作家のバチカンがスプレー二世に言うわけですよ。『お前はＡＤの斎藤《さいとう》マイケルかっ！』ってね。もう、スタッフ一同爆笑《ばくしょう》」
杉崎「ディープすぎる！　第三回目にして、常連リスナー以外置いてけぼりトークすぎますよ！　っていうか出演者である俺達にさえ内容が理解出来ないんですがっ！」
会長「さ、そんなわけで今日のメールテーマだけど……。そうだねぇ。オープニングトークからの流れで『最近モロッコを滅《ほろ》ぼした時の話』にしようか」
杉崎「どういうメールテーマですかっ！　メール来ないですよ！　っていうかオープニングトークそんな内容だったの⁉」
会長「……今更《いまさら》そんなん言うのあかんわぁ、じぶん」
杉崎「だから、なんで関西のお笑いコンビ風なんですか、今日！」
会長「じゃ、相方《あいかた》の言う通りにメールテーマ変更《へんこう》。彼の提案する『最近面白《おもしろ》かったこと』

で」
杉崎「薄《うす》っ！　今度はメールテーマうっす！　相方の俺、お笑いの才能ゼロですねっ！」
会長「アドレスは、真冬《まふゆ》ちゃん、よろしく」
真冬「はい。メールアドレスは、『ハーレムは幻想《げんそう》@オールナイト全時空Rドットコム』
『ハーレムは幻想@オールナイト全時空Rドットコム』です！　綴《つづ》りは――」
杉崎「ちょっと待とうよ！　色々待とうよ！　そのアドレスの内容もさることながら、そもそも、なんで真冬ちゃんが自然なノリでメールアドレスを――」
会長「皆様《みなさま》からのメール」
女子一同『お待ちしておりま～す♪』
杉崎「今回俺以外皆《みんな》ノリノリ!?　なにゆえ!?」

♪　ジングル　♪

会長「さて、桜野くりむのオールナイト全時空Rは、『お父さん』『お母さん』『おじいち

ゃん』『おばあちゃん』の各社提供で、碧陽学園から全時空生放送でお送りさせて貰《もら》って
います」

杉崎「めっちゃ身内の提供だ！」

会長「それではここで一曲かけましょう。深夏《みなつ》、曲紹介《しょうかい》お願い」

深夏「はいはーい。じゃあ、バンド《シーナ☆シスターズ》による新曲《暴力？ 怠惰《たいだ》？

どっちを選ぶのよ☆》だぜ。いってみよう！」

杉崎「なにその曲！ 可愛《かわい》く言っているけど、どっちも選びたくない！」


♪《暴力？ 怠惰？ どっちを選ぶのよ☆》フル再生♪

杉崎「満遍《まんべん》なく歌詞が酷《ひど》い曲だった……」
真冬「この曲も収録された真冬達のニューアルバム《ドッキドキが止まらない♪……いや、
もう、本気で、なんだこれ、心臓が、わ、ぐ、がっ》も、よろしくです！」
杉崎「心筋梗塞《しんきんこうそく》⁉」
会長「それでさぁ、プロデューサーの猿《さる》パンチがまた――」
杉崎「もういいですよ、その新規《しんき》リスナー突き放《はな》しトーク！ というかいつまでそのキャ

ラなの⁉」
会長「じゃ、コーナー」
杉崎「相変わらずこなれた対応！」
会長「《ころけん》！　というわけでね。さ、早速《さっそく》ネタの方いってみましょう。知弦《ちづる》、お願い」
知弦「はいはい。えーと、ラジオネーム『杉崎見かけて今日もブルー』さんからのメール」
杉崎「お前のラジオネームとこのコーナーで、むしろ俺がブルーだわ！」
知弦「『そろそろマジでよくね？　やっちゃってよくね？』とのことで」
杉崎「怖《こえ》ぇえええええええええ！　いつの間にこのコーナー、そこまで成熟《せいじゅく》しちゃったんだよ！」
知弦「『杉崎見かけて今日もブルー』さん。そんなこと言っちゃダメよ。めっ」
杉崎「ち、知弦さん！」
知弦「あと三ヶ月は、この子の怯《おび》える顔を鑑賞《かんしょう》してからでも遅《おそ》くはないわ」
杉崎「知弦さぁあああああああああああああああん！」
会長「じゃ、次のコーナー。《バッドアフターティスティング！》」

杉崎「？　なんですか、そのコーナー。今まで一度もやったこと……」
会長「じゃ、真冬ちゃん、お願い」
真冬「はいです。これは……お葉書《はがき》ですね。ラジオネーム《人生泥沼《どろぬま》》さんから」
杉崎「どうしたお前」
真冬「『先月、ダンボールに入れて捨《す》てられていた子犬を拾《ひろ》いました。ペットを飼《か》うようなガラではないのですが、前日に恋人《こいびと》から別れを告げられていたことが効《き》いていたのでしょうか。気付くと、私は子犬を自分の家に連れて帰ってきてしまっていたのです。
それ以来、お恥《は》ずかしい話なのですが、すっかりこの子犬の魅力《みりょく》にメロメロになってしまいまして。子煩悩《こぼんのう》ならぬ、ペット煩悩というのでしょうか。この『チコ』と名付けた子犬は、目に入れても痛くない存在になりました』」
杉崎「ふんふん。このラジオにしては珍《めずら》しくいい話だ」
真冬「『でも昨日《きのう》、このチコが……チコがっ！　私の……私の、不注意でっ……うぁ……あぁ……あぁぁぁぁああ』とのことで」
杉崎「終わり⁉」

真冬「終わりです。終盤字《しゅうばん》がぐちゃぐちゃで、涙《なみだ》で濡《ぬ》れた痕《あと》もあります。感情の勢《いきお》いに任《まか》せて、書き殴《なぐ》ったようです」

杉崎「後味悪《あとあじわる》っ！　なんで!?　なんであの始まり方で、この末路なの!?」

真冬「うーん、今日もなかなか美味なところを突《つ》いてきますね、ハガキ職人さん」

杉崎「このラジオのハガキ職人歪《ゆが》んでね!?」

真冬「では次のお便《たよ》り。えーと、古代ローマより、ラジオネーム《カエサル》さん」

杉崎「本気で全時空にお送りしてんだな、このラジオ！」

真冬「『生徒会の皆さん、こんばっぱー！』」

女子一同『こんばっぱー！』

杉崎「歴史上の人物テンション軽っ！　そして偉人《いじん》への対応も軽っ！」

真冬「『ぼくちん、昨日、綺麗《きれい》なお花を見たんだ！　綺麗だったから、写メとって加工してプリントアウトして絵はがきにして送るねっ！』」

杉崎「カエサル、パソコン中級者！」

真冬「『ね、ね？　これ、凄《すご》いでしょ！　いやー、心が洗われるねっ！　ま、生徒会の皆さんの可愛らしい声にはかなわないけどね——って、ぐはぁっ！　く……ブルータス……お前もか……』」

杉崎「その有名な場面に至《いた》る経緯《けいい》おかしくね!? カエサル、直前までうちに頭の悪いハガキ書いてたの!?」
真冬「ちなみに、このハガキにも血痕《けっこん》が……あ、切手も血で貼《は》られてます！」
杉崎「執念《しゅうねん》燃やすとこおかしくね!? カエサル、死の直前になにしてんの!?」
真冬「ま、特に面白くないハガキだったんで、ステッカーもなにもあげませんが」
杉崎「後味悪っ！」
真冬「というわけで、このコーナー、終わりです。やー、今日も——」
女子一同『テンション下がったねー』
杉崎「誰得《だれとく》！ このコーナー、誰が得するんですかっ！ 今回結局、ペット一匹《いっぴき》とリスナー一人悲劇に見舞《みま》われただけですよねぇ!?」
会長「というわけで、次のコーナー」
杉崎「そんなあっさり流されていいんでしょうかっ、今の話っ！」
会長「《鍵《けん》・杉崎の、すべらない話》！」

杉崎「無理だぁ――――――――――――――――！　アホですかっ！　この悲劇の流れで、貴女《あなた》は、アホですかっ！」
会長「さ、どうぞ」
杉崎「丸投げ⁉　え、え、えと。……こほん。昨日コンビニでバイトしてたら、クラスメイトが来たんですよ。んで、暇《ひま》だったので長時間からかってたら、結局そいつ、弁当買いに来てたのにいつまでも夕飯食べられなくて。……はは、面白かったなぁ。……って、話、なんです……けど……」
女子一同『…………』
杉崎「いや……あの、ごめん、なさい。えと、その、あれ、当日は凄く面白かったんだけど……なぁ。あ、あれですね。やっぱり芸人さんは凄いですよね。こういう話でも、語り方よければ、ちゃんと面白く……」
女子一同『…………』
杉崎「……えと……ですから、あの……」
会長「……いやー……」
杉崎「？」

女子一同『すべらんなぁ』

杉崎「嘘《うそ》だッッッッッッッッッッッッッッッッッッッッッ！」

会長「というわけで、次のコーナー」

杉崎「流したっ！　何事もなかったかのように、流したっ！　流石《さすが》、ベテラン芸人風！」

会長「《知弦・紅葉《あかば》の、たべれない話》」

杉崎「？　たべれない話？」

知弦「石ころ」

女子一同『たべれんなぁ』

杉崎「ハードル低っ！　俺のに比《くら》べてハードル低っ！　なにそのトークテーマ！　なんでもいいじゃん！」

会長「次、《真冬・椎名《しいな》の、すくえない話》」
杉崎「？　すくえ……？」
真冬「真冬、気付けば夏休みは一回も外に出ていませんでした」
女子一同『すくえんなぁ』
杉崎「それはホントに救いようが無いなっ！」
会長「次、《深夏・椎名の、はぐれない話》」
深夏「昨日母さんと出かけて、一緒《いっしょ》に買い物して、帰って来たぜ」
女子一同『はぐれんなぁ』
杉崎「だからなんだよっ！　これはもう、本格的に、駄目《だめ》でしょう！　ラジオとしては時間稼《かせ》ぎ、小説としては行数稼《ぎょうすう》ぎ以外の何物でもないでしょう！」
会長「じゃ、臨機応変《りんきおうへん》に変更《へんこう》。《深夏・椎名のわらえない話》」
深夏「母さんの再婚《さいこん》と転校について、実はまだ、若干納得《じゃっかんなっとく》いってないぜ」

女子一同『わらえんなぁ』
杉崎「本格的にねっ！　リアルすぎるわ！　引くわ！　笑えないどころか、引くわ！　っていうかネタにすんなその話題！　それもなしだろう！」
会長「深夏には厳《きび》しいねぇ、杉崎……じゃなくて、うちの相方」
杉崎「いや、深夏以外のトークテーマも基本認めてませんけどねっ！　流れたけどっ！」
会長「あかんでぇ、じぶん。ほんま、あかんでぇ」
杉崎「何がっ！　っつうか実は浅い関西弁使いたいだけでしょ、会長！」
会長「……せやかて。もうかりまっか。かなわんわぁ」
杉崎「絞《しぼ》り出した！　他の関西弁、頭の奥から無理矢理絞り出してきた！」
会長「とにかく、三度目の正直《しょうじき》やぁ。《深夏・椎名の、きくにたえない話》」
深夏「これは最後に幽霊《ゆうれい》が『お前だ！』って言って『うわぁ』って驚《おどろ》くタイプの話なんだけどな。あ、オチ言っちゃった。まあいいや。えーと、それで、まず、女の子がいるんだ、女の子が。その女の子がな、なんか廃屋《はいおく》行くんだよ、廃屋。……廃屋？　いや、違《ちが》うな。深夜の学校だったっけな。まあなんでもいいや。

んで、出てくるの。急に、あ、待って、違《ちげ》ぇわ。まだ出て来ない。今のなし。そう、友達も一緒に行くんだ。男の子。あ、その子最後行方《ゆくえ》不明になるんだけど。二人で、行くんだ。墓地《ぼち》。……墓地だっけ？　まあいいや、とにかく夜。夜に、怖《こわ》いとこ行ったの。それで、なんと、驚くことに、男の子がいなくなったんだ。あと幽霊出て来て、『お前だ』って言うの。それがすげー怖い。

あとで聞いた話ですが、そこでは、昔誰か死んで、色々あったそうな。おしまい」

女子一同『きくにたえんなぁ』

杉崎「本当にねっ！　ラジオでここまでクオリティ低い話垂《た》れ流されたの、世界初じゃないかなぁっ！」

深夏「ふぅ。あたしのあまりに怖い話に、リスナーも思わず耳を塞《ふさ》いだことだろうよ！」

杉崎「本人はそういう意味で『きくにたえない話』をやってたつもりだったの!?　いや、確かに耳を塞いだろうよ！　チャンネル替えただろうよ！　時間の無駄《むだ》すぎて！」

会長「杉崎がまだ不満そうやね……。しゃあない！　ラスト！」

杉崎「いいテーマでお願いしますよ……」

会長「《深夏・椎名の、くだらない話》！」

深夏「杉崎鍵という存在」

女子一同『くだらんなぁ』

杉崎「おい待てコラそこの美少女共《ども》」

会長「さ、次のコーナーいくでぇ！」

杉崎「いくの⁉ あれでシメでいいの⁉ 俺以外納得しちゃったの⁉」

会長「ちょっと休憩《きゅうけい》、ふつおたのコ〜ナ〜。どんどん、ぱふぱふ」

杉崎「ふつおた？ ラジオだと定番だけど、芸人さんのラジオ風ではないような……」

会長「ラジオネーム《どんぶり三杯《ばい》はいけない》さんからのお便り」

杉崎「うん、ラジオネームも、その微妙《びみょう》な感じが、また普通《ふつう》だ」

会長「『生徒会の皆さん、こんばっぱー』」

女子一同『こんばっぱー』

会長「『いつも楽しくラジオ聞かせて貰《もら》っています。これからも頑張《がんば》って下さい。応援《おうえん》しています』……とのことで」

杉崎「…………」
会長「…………」
杉崎「…………って終わりかよっ！　ふつおたにも程《ほど》があるわっ！　なんで採用したんですか、そのハガキ！」
会長「いや、あまりに『普通』の『満点』を叩《たた》き出してきたんで、つい……」
杉崎「確かにこの生徒会にそのハガキを送るセンスは凄いかもしれない！」
深夏「うちのリスナーにも居《い》たんだな……普通のヤツ」
真冬「あまりにレアすぎて、逆に異端扱《いたんあつか》いです」
杉崎「……ふつおたでここまで衝撃《しょうげき》を受ける俺達って一体……」
会長「じゃ、ふつおた終わり。次はじゃあ、逆の《いじょおた》」
杉崎「い、いじょおた？」
会長「ラジオネーム《杉崎大好き》さんより。『杉崎君、カッコイイ♪』とのことで」
杉崎「そのお便りを『いじょおた』で読むなぁあああああああああ！」
知弦「……このリスナーさん、ちょっと、心配だわ」

杉崎「むしろ俺の心の傷を心配して下さらないでしょうかっ！」
会長「世の中、本当に恐《おそ》ろしいのは人間ということやな」
杉崎「変な方向にエセ関西弁でまとめないでくれます⁉」
会長「ここで一曲聴《き》いて貰いましょう。《アカちゃん同盟《どうめい》》の新曲《隷属《れいぞく》？　服従？　どっちを選ぶのよ☆》です」
杉崎「だからどっちもイヤですってっ！　さっきからなんなのその理不尽《りふじん》な選択肢《せんたくし》！」
会長「どうぞ〜」

♪　《隷属？　服従？　どっちを選ぶのよ☆》フル再生　♪

杉崎「際限なく歌詞が怖い曲だった……」
知弦「この曲も収録された私達のニューアルバム《ワックワクが止まらない♪……あの粉《こな》を吸《す》っている間だけは》もよろしく」
杉崎「麻薬《まやく》中毒⁉」
会長「では、フリートーク〜」
杉崎「中盤《ちゅうばん》なのにまたフリートークするんですか？　あ、っていうか、リスナー突《つ》き放《はな》したのはもうやめて下さいよ！」
会長「分かってるよ………がな」
杉崎「もういいよ関西弁！　そんなに絞り出すの辛《つら》いなら、もういいよ！」
会長「こ、こほん。じゃ、口調は元に戻《もど》して、フリートーク！　真冬ちゃんはなにか、喋《しゃべ》りたいことある？」
真冬「えーと、じゃ、ゲームの話します。深夜ラジオのノリで、有名大作ＲＰＧ等を、ガリガリ批判《ひはん》しますよぉー」
杉崎「やめようよ！　なんで姉妹揃《そろ》ってそう血気盛《けっきさか》んなんだよ……」
真冬「やたらと色々なところに噛《か》み付いて、上層部から厳重《げんじゅう》注意されるぐらいの方が、ラジオは面白いんですよ？」
杉崎「それは……まあ、分からないでもないけど」
真冬「かぷかぷ」
深夏「うっ……あふ」
杉崎「姉の首筋《くびすじ》へリアル甘噛み!?　なんか妙《みょう》にエロい！　テンション上がる！」
真冬「このように、噛み付くと、盛《も》り上がります」
杉崎「イメージと大分違ったけど、なんか納得！　俺も噛んでほしい！」

真冬「しゅぎさき先輩《せんぱい》」
杉崎「噛まれたっ！」
真冬「ラジオは、ホント、噛み付いてこそですね。今、聴取率《ちょうしゅりつ》うなぎ登りですよ」
杉崎「そうなの⁉　じゃ、俺も真冬ちゃんへと噛み付いて……」
真冬「あ、駄目ですよ。真冬、狂犬病《きょうけんびょう》の予防接種してないです」
杉崎「俺狂犬扱い⁉　大丈夫《だいじょうぶ》だよ！　俺は健康だよ！」
真冬「じゃあちょっと待って下さい。腕《うで》に、訓練用のマットを巻くんで」
杉崎「やっぱり俺犬扱い⁉　そこまでの威力《いりょく》で噛まないよ！　大丈夫だよ！　甘噛みだよ！　やさしく、そしてエロく、いたわるように、噛むよ！」
真冬「雌犬《めす》をですか？」
杉崎「だから、なんで俺犬扱いなんだよ！　真冬ちゃんをだよ！」
真冬「それは犯行予告と受け取ってよろしいですか？」
杉崎「駄目だよ！　せめて求愛行動と受け取ってよ！」
真冬「先輩。なんでもかんでも噛み付けばいいと思ったら、大間違《おおまち》いですよ！」
杉崎「ええー！　じゃあ、俺は何噛んでいいのさ⁉　深夏？　深夏ならいい？」
真冬「先輩が噛んでいいのは、銀紙だけです」

杉崎「不快っ！」
真冬「そして先輩を噛んでいいのは、真冬と、スッポン、ハブ、クロコダイル、コモドオオトカゲだけです」
杉崎「八割爬虫類《はちゆうるい》！　しかも致命的《ちめいてき》！」
真冬「なので、しゅぎさき先輩は釘抜《くぎぬ》き先輩として、水炊《みずた》き先輩なりの『噛み』を極《きわ》めていってほしいです」
杉崎「もう噛みすぎだよ！　噛みすぎていて、リスナー大混乱だよ！」
真冬「がおー。噛んじゃうぞぉー。かぷかぷしちゃうぞぉー」
杉崎「可愛《かわえ》ぇっ！　なにこれ！　真冬ちゃん、可愛ぇっ！」
真冬「がおがおー。というわけで、新コーナー、『真冬が噛んじゃうぞ』発足《ほっそく》です」
杉崎「あ、案外いいかもしれない！」
真冬「真冬が全国の色々なものを、噛みます。噛みつくします」
杉崎「えろい！」
真冬「大事な臓器《ぞうき》だろうと噛みちぎります」
杉崎「むごい！」
真冬「大事なメールアドレスの告知を、ぬるっと噛みます」

杉崎「迷惑《めいわく》！」
真冬「そんなわけで、真冬に噛んで欲《ほ》しいもの、どしどしお送り下みゃい」
杉崎「大事なとこ噛んだっ！」

会長「じゃ、一段落したところで、次のコーナー！　というわけで、発表前に準備。まず椎名姉妹は、ヘッドフォンとアイマスクをして貰います」
深夏「えー！　またかよ！」
真冬「真冬、この前フリイヤです！　凄《すご》くイヤな思い出があります！」
知弦「ほら、大人《おとな》しく指示に従いなさい。はい、ヘッドフォンとアイマスク」
姉妹『うぅ……』

姉妹、しぶしぶ装着

会長「というわけで、やってきました、定例の姉妹いじめ」
杉崎「すげぇ最悪の定例ですね！」
会長「人気コーナー《定められた一言》！　このコーナーは、姉妹がフリートークを回す中、杉崎と知弦はあらかじめ設定された『一言』しか喋っちゃいけないという、コーナーだよ」
知弦「ああ、あれね。私はそこそこ好きよ。……でもアカちゃん。いくらなんでも、二回やったら流石《さすが》に途中《とちゅう》で姉妹に気付かれるんじゃないかしら、このコーナーのやり口」
会長「大丈夫！　バレたらこのコーナー終わりだけど、今回もハガキ職人さんが、とてもいい『一言』を提供してくれているから！」
杉崎「汎用《はんよう》性高いのにして下さいよ？　前回の知弦さんの『それは秘密』あたりはまだ良かったけど、『テンション上がってきたー！』には若干無理がありましたからね」
会長「うん！　任せて！　というわけで、私が今回セレクトしたお題は……これだぁ！」
杉崎＆知弦『(ドキドキ)』

会長「杉崎、『むしろ深夏だろう』、知弦、『この生徒会だけにね』」
杉崎＆知弦『汎用性低っ！』
会長「というわけで、行ってみよう！」
杉崎＆知弦『行くの!?』

会長「姉妹の肩《かた》をつんつん……と」
深夏「？　もういいのか？」
真冬「もうすこし妄想《もうそう》タイムでも良かったのですが……」
会長「というわけで、二人は、例の如《ごと》く、杉崎と知弦相手にフリートークしてね！　じゃ、ここから私黙《だま》るよ！　はい、スタート！」

深夏「え、あ、うん。……毎度のことだけど、意味の分からんコーナーだぜ」
真冬「だよね。会長さん抜《ぬ》きで真冬達が喋るだけで、どうしてコーナーになるんだろう。《会長さんがいない会話》みたいなコーナーなのかな？」
深夏「かもな。おっと、いけね。ちゃんと四人で喋らねぇとな」
杉崎＆知弦『（ぎくり）』
深夏「おい、鍵。なんか話題提供しろよ」
杉崎「むしろ深夏だろう」
深夏「う。ま、まあ確かにあたしの役割だけど……。えっと……じゃあ、鍵の好きなものの話はどうだ？　お前肉とか結構《けっこう》好きだったよな——」
杉崎「むしろ深夏だろう」

深夏「っ！　ま、またお前はそういうことを！　もういい！　真冬、なんか話題振《ふ》れ！」
真冬「ええ？　そう言われても、この二人に今更《いまさら》……。うーん……。じゃあ、紅葉先輩。最近、メディアミックス関連の仕事が大変そうですけど……」
知弦「この生徒会だけにね」
真冬「ですよねー。まったく、手広くやりすぎなんですよ、生徒会は。いえ、生徒会というより、会長さんかな……」
杉崎「むしろ深夏だろう」
深夏「なんで急にあたし責任⁉　あたし、そこまで無茶苦茶な要求は……し、したことも、確かにあるかもしれねぇ……けど」
真冬「ふふふ、確かに、お姉ちゃんも原因の一端《いったん》だね。でもいいんじゃないかな、色々やることと自体は」
知弦「この生徒会だけにね」
深夏「そ、そうだな」
真冬「でも真冬……メディアミックス、ちゃんと上手《うま》くいっているのかちょっと心配です」
知弦「この生徒会だけにね」

真冬「そうなんですよ……。題材が題材ですからね。発言とかも危険なこと多いですし。もしもの時は、アニメとかも含《ふく》めて、真冬達が責任をとるべきなんでしょうか……」
杉崎「むしろ深夏だろう」
深夏「なんであたしだけ矢面《やおもて》に立たされてるんだよ！」
知弦「この生徒会だけにね」
深夏「どういう理由⁉ 責任とる時は、皆《みんな》でとれよ！ あたしだけ前に出すなよ！」
真冬「ま、まあまあ、お姉ちゃん。落ち着いて」
深夏「あ、あぁ。……ふぅ。……ん。しかしそれにしても、今日はちょっと肌寒《はだざむ》いな。雪でも降《ふ》るのかな」
真冬「あ、紅葉先輩はいっつも天気ちゃんとチェックされてましたよね？ 今日はどうなんです？ 雪、降るんですか？」
知弦「この生徒会だけにね」
真冬「ここだけにですか⁉ どういう異常気象《きしょう》です⁉ 室内に雪が降るのですか⁉」
杉崎「むしろ深夏だろう」
深夏「あたしが降るの⁉ むしろあたしが降るの⁉」
知弦「この生徒会だけにね」

深夏「なにその補足《ほそく》！　生徒会だけでもイヤだわ！」
真冬「な、なんで急にこんな恐《おそ》ろしい天気予報をされたのでしょう……。やっぱりこのコーナーになると、先輩と紅葉先輩が変です」
杉崎「むしろ深夏だろう」
深夏「あたしはおかしくねぇよ！」
真冬「言われてみれば、お姉ちゃんも変かも……。終始叫《しゅうしさけ》んでいるし……」
深夏「それはこいつらが変だからだ！　まったく、知弦さんと鍵はいつだって腹に一物《いちもつ》持っているんだよなぁ。あたしは、ちゃんと腹割って、心開いているっていうのに」
知弦「この生徒会だけにね」
深夏「他の友達に対してもだよ！　なにその鍵みたいな自意識過剰《じいしきかじょう》さ！」
真冬「う、うーん。どうもやっぱり、二人がおかしい気がするんですが……。何がおかしいのか、今ひとつ……。むむむ、この違和感《いわかん》の正体は……」
杉崎「むしろ深夏だろう」
深夏「そうなの!?」
真冬「いや、全然お姉ちゃんの態度とかじゃ――あ！　分かりました！　二人のおかしいところ！」

杉崎&知弦『！』
深夏「な、なんだって⁉ どういうことだよ、真冬！」
真冬「つまりね、お姉ちゃん。この二人はさっきから同じことしか——」
杉崎&知弦『虫、生徒、夏、貝、だろう、ね』（合体技《がったいわざ》発生！）
真冬「あれ⁉ なんか急に無駄《むだ》に語彙《ごい》が増《ふ》えた⁉」
深夏「なんだよ、真冬。早く教えてくれよ、二人のおかしいところ！」
真冬「あ、うん、ごめん……真冬、ちょっと間違《まちが》ってたみたい……。この二人を、簡単に理解できると思った真冬が、間違ってたんです……出直してきます……ぐすん」
深夏「なんか落ち込んだ⁉ っつうか、二人とも、うちの妹凹《へこ》ますな！」
杉崎「むしろ深夏だろう」
深夏「あたしのせい⁉ いや、確かに、母親の再婚《さいこん》のこととか、その他色んなことで、真冬には迷惑かけているけどさっ！ でも、ちゃんと真冬が安らげる空間だって作っているつもりさ！」
知弦「この生徒会だけにね」

深夏「狭《せま》っ！　いや、家にもあるよ！　安らげる空間、家にも作っているよ！　そういう意味じゃ、安らげてないのは――」
杉崎「むしろ深夏だろう」
真冬「そ、そうだったんだ！　ご、ごめんね、お姉ちゃん……ぐすん……真冬……真冬は、悪い子です――！　わぁ――――ん！」
深夏「ああっ！　余計なことを！　てめぇら、遂《つい》に姉妹間の絆《きずな》まで踏《ふ》み荒《あ》らしてきやがったなぁ！」
知弦「この生徒会だけにね」
深夏「いやいやいやいやいや、生徒会だからって理由では許されないけど!?　むしろ生徒の味方たる生徒会だからこそ、許されないぐらいだろ！　特に許されないのは、お前らふた――」
杉崎「むしろ深夏だろう」
深夏「あたしだと!?　ぐ……た、確かに、そうかもしれねぇ……。あたしは……あたしは勝手な思い込みで、真冬を幸せにしているものとばかり……くっ」
真冬「真冬は……真冬は、悪い子です……。出来損《できそこ》ないの、悪い子です……」
深夏「いや、悪いのは、鍵の言うように、むしろ、あたしだったんだ……。あたしが、全部、全部、悪かったんだ……」

全員『………』

静寂《せいじゃく》。放送事故になりかねない沈黙《ちんもく》の後、杉崎と知弦による、締《し》めの、一言。

杉崎&知弦『むしろ生徒会だろう』（合体技発生！）

姉妹『その通りだよぉおおおおおおおおおおおおおおおおお！』

会長「はい、姉妹がいい感じに感情かき回されたところで、このコーナー、終了《しゅうりょう》」

姉妹『うがぁ――――！』

会長「うーん、それにしても毎度、よく一言で、二人をここまで壊《こわ》せるものだね……。自分でコーナー発案しておきながら、杉崎と知弦の手腕《しゅわん》には脱帽《だつぼう》だよ！」

知弦「この生徒会だけにね」

杉崎「むしろ深夏だろう」

会長「……うん、これは、確かに、案外バレないかもね。普通《ふつう》に会話成立しているよ……」

姉妹『にゃぁ────────────！』

会長「よし、姉妹は壊れていて、ネタバレ発言も聞いてなかったみたいだね。次回もまだやれるね、このコーナー！」

杉崎「まだやるの!?」

知弦「……二人の心が、もてばいいけど……」

会長「じゃあそろそろエンディングの時間も迫《せま》ってきているから……」

杉崎「フリートークですか？」

会長「ゲストを招《まね》いて、リスナー電話相談室のコーナー！」

杉崎「今頃《いまごろ》!?　時間配分おかしくない!?」

会長「というわけで、本日のゲスト、顧問《こもん》の真儀瑠紗鳥《まぎるさとり》先生でーす！」

紗鳥「どうも、真儀瑠紗鳥です☆　わぁー、このラジオ、ずっと聞いてたんですよぉ。嬉《うれ》しいなー！」

杉崎「誰《だれ》だアンタ！　真儀瑠先生じゃないだろう！」

紗鳥「もうホント、このラジオ大好きでぇ。特に、杉崎さんが猫《ねこ》の耳掃除《みみそうじ》をしてあげるコーナーが、大好きです☆」

杉崎「聞いちゃいないぞっ！　このゲスト、ラジオも俺の言葉も、全部聞いてないぞ！」

紗鳥「というわけで、来週発売の私のＤＶＤ『絶対支配者』、よろしくね☆」

杉崎「しかも告知だっ！　この人、ウザい告知のためだけに来ている、ラジオリスナーでもなんでもない類《たぐい》のアイドルゲストだ！」

紗鳥「…………うぇっぷ」

杉崎「自分で胸焼《むねや》けするならやるなよ！　そのキャラ、誰が得《とく》するんだよ！」

紗鳥「そんなわけで、私だ。よろしく。じゃあ教科書四十五ページを開け」

杉崎「授業すんな！　リスナー、テンションだだ下がりだよ！」

紗鳥「いや、そうは言ってもな、杉崎。来週からテスト始まるんだが、国語、まだテスト範囲《はんい》の授業終わってないのに、つい二十秒前に気付いてたな」

杉崎「エセアイドル演技中に、えらいこと気付いてた！」

紗鳥「まあいいや。自習。そんなわけで、ゲストだぞ、喜べ。そして敬《うやま》え、畏《おそ》れろ、奉《まつ》りあげい。我《われ》こそは全《すべ》ての深夜ラジオの雰囲気《ふんいき》をぶち壊す脅威《きょうい》の侵略《しんりゃく》者、告知アイドルゲスト！」

杉崎「本当に来て欲しくなかった！」
紗鳥「ふはははは、他人のホームを荒らすのは楽しいなぁ」
杉崎「あんた本編登場からずっとそんなだな！」
会長「というわけで、最近電話で『……寂《さび》しいから、出して？』と涙声《なみだごえ》で懇願《こんがん》してきた、真儀瑠先生がゲストでーす！」
杉崎「来たかったんかい！」
紗鳥「……うん」
知弦「生徒会関係者なのに、唯一《ゆいいつ》出られてなかったものね……」
深夏「根っこのところは結局、会長さんと同レベルなんだよな……」
紗鳥「……ぐすん。さみちかった」
真冬「萌《も》えますっ！」
会長「そんな真儀瑠先生を招いて、彼女に、リスナーの相談に乗って貰《もら》うのが、このコーナー」
杉崎「まあ……一応教師だし、向いているっちゃ向いているかな？」
紗鳥「私に相談すると、なんか色々どうでもよくなると、生徒に大評判だ」
杉崎「それは決していい評価ではないと思う！」

会長「さて、早速《さっそく》リスナーと電話を繋《つな》ぐよー？　もしもーし」
？？『もしもし』
会長「こんばっぱー！」
？？『こんばんはですわ。おーっほっほっほ！』
杉崎「挨拶《あいさつ》にノらなかった！　そして名乗ってないのに誰かバレた！」
会長「お名前は？」
？？『そうですわね……《新聞部部長だったりましてや藤堂《とうどう》リリシアその人では、少なくとも、ない人》とだけ名乗っておきますわ』
杉崎「全力で名乗った！」
会長「むむむ、謎《なぞ》が深まるよ……」
杉崎「どの辺が⁉」
会長「誰だかホント想像つかないよ……。だけど名前長いから、略して、藤堂さんと呼ぶねっ！」
藤堂『ふ、よろしくてよ』
杉崎「いいんだっ！　思いっきり本名呼ばれているけど、いいんだっ！」
会長「じゃ、藤堂さん、ゲストの先生にご相談を、どうぞ！」

藤堂『生徒会に、どうしたらもっと効果的にイヤがらせが出来るのでしょうか』
杉崎「このラジオで相談することじゃねぇー！」
紗鳥「友情や絆にヒビを入れるのが効果的だと思うぞ」
杉崎「そしてアドバイスすんな！」
藤堂『ふむふむ。わたくし、以前杉崎鍵の二股疑惑《ふたまたぎわく》をすっぱ抜《ぬ》きましたが、そういう感じでよろしくて？』
紗鳥「いや、生温《なまぬる》いな。もっとこう、シリーズ終わるぐらいの勢《いきお》いじゃないと」
杉崎「おいそこの顧問！」
藤堂『シリーズ終わるぐらい……パッと思いつきませんわ。そんな提案をするからには、先生、なにかいい案、ありまして？』
紗鳥「そうだな。例《たと》えば……」
藤堂「例えば？」
紗鳥「寝取《ねと》る」
藤堂『な――』

杉崎「！　え、あ……。……そ。それはそれで……ごくり……」
藤堂『ちょ、貴方《あなた》、なに想像してますの！　訴《うった》えますわよ！』
杉崎「……今はこんなツンツンなリリシアさんが……俺を……。……ごくり……」
藤堂『ですから、わたくしは――』
紗鳥「あ、杉崎じゃなくて、ヒロインズをだぞ？」
全員『！』
紗鳥「バッド、エーンド」
藤堂『確かにっ！　全員寝取られ！　ラブコメにとって、この上ない悲劇ですわ！』
杉崎「百合《ゆり》かっ！　またも俺の前に立ちはだかるのか、百合要素！」
知弦「まあ、藤堂さんが動くまでもなく、私とアカちゃん、椎名姉妹というカップリングで終わる可能性も、大よね」
会長「ないよ！　私はそういう趣味《しゅみ》ないもん！……まあ男の子に興味《きょうみ》ないし、知弦といる時が一番幸せな気もするけど……」
深夏「あたし達まで一緒《いっしょ》にすんなっ！……まあ、恋愛《れんあい》方面で男子信用してねぇーし、真冬のことは愛しているけどさ……」

真冬「まったく、真冬はそんなにアブノーマルじゃないですよっ！　ただちょっと、同性の恋愛が好きだったり、男子が苦手《にがて》だったり、お姉ちゃんを心から愛しているだけで……」

生徒会女子『…………………ちら（少々頬《ほお》を赤らめ視線を交《か》わすメンバー達）』

杉崎「リアル!?　なに微妙《びみょう》な空気になってるんですかっ！　俺のハーレムルートは、攻略《こうりゃく》対象さえもライバルなのかっ！　どんだけ茨《いばら》の道なんだよっ！」

藤堂『ふむふむ……確かに、ヒロイン寝取りは杉崎鍵にとって大ダメージのようですが……。思っていたほど、生徒会としてのダメージはない気もしますわ』

紗鳥「不満か」

藤堂『ええ。わたくしは、もっと、こう……生徒会を不幸のどん底にたたき落として、それを見下《みくだ》し、存分に高笑いしたいのですわ！』

杉崎「あんた最低だなっ！」

紗鳥「気持ちはよく分かる」

杉崎「理解すんなっ！」
紗鳥「ふむ……ならば、最《もっと》も惨《むご》い手段を教授しよう」
藤堂『む、惨い？　それは一体……』
紗鳥「それはな……」
藤堂『そ、それは……』

紗鳥「相手にしない」

全員『地味だっ！』

紗鳥「地味？　まあそうかもしれんが、個人的に、こいつらには一番効果的だと思うぞ」

藤堂『そ、そうなんですの？』

紗鳥「ああ。常《つね》にテンション高いコイツらだが、だからこそ、何が怖《こわ》いって、リアクションが無いことだ」

藤堂『まるでお笑い芸人ですわね……』

紗鳥「その通りだ。ツッコミにしろ爆笑《ばくしょう》にしろ批判にしろ……なんにせよ、相手のテンションが低いと、コイツらはまったく生きん。コイツらに対する『流し』は、最早《もはや》、ある種

の必殺技《ひっさつわざ》。名付けるならば《生徒会殺し》」
藤堂『《生徒会殺し》！　なんて……なんて魅力《みりょく》的な技名ですこと！　是非《ぜひ》教わりたいですわっ！　いえ、教えて下さいましっ！』
紗鳥「よかろう」
杉崎「よくねぇよ」
紗鳥「では、今から私がこの、色ボケ男達を使って実践《じっせん》してやる。よぉく見て……いや、聞いておけ、藤堂」
藤堂『はいですわ、師匠《ししょう》！』
緊急《きんきゅう》コーナー《真儀瑠紗鳥の生徒会殺し》
紗鳥「というわけだ、杉崎。なんかボケろ」
杉崎「イヤですよ！　なんで俺がこの状況《じょうきょう》で、アンタに協力しなきゃならないんですかっ！」
紗鳥「……うん、分かったから、なんか、ボケろ」
杉崎「っ！　な、なんですかその落ち着いたリアクション。……ハッ、俺にモノを頼《たの》みたいなら、胸の一つぐらい、触《さわ》らせて貰《もら》わないとね――」
紗鳥「すまない、それは勘弁《かんべん》してくれ。……というか杉崎。冗談《じょうだん》でも、目上の教師にそういうことを言ってはいかんぞ」
杉崎「⁉　え、あ、はい、すんません……。……あの、えーと、でもこれは、その、いつものパターンといいますか……」
紗鳥「そうなのか。それは悪かった。少々、真面目《まじめ》に怒《おこ》りすぎたかもしれないな」
杉崎「あ、はい。……えーと……」
紗鳥「さて、杉崎。ボケてみてくれないか？」
杉崎「え？　あ……うぅ、分かりましたよ！　じゃあ……深夏！」
深夏「ん？」
杉崎「好きだ！　結婚《けっこん》してくれ！　というか、もう、深夏は俺の嫁《よめ》！」
深夏「うっせぇよ！　こら、近寄るなっ！　どりゃっ！」
杉崎「げほぁっ！　く……本気で殴《なぐ》るとはな」
紗鳥「うん、暴力はよくないぞ、椎名（姉）。でも、いきなり嫁とか言うのも、よくないぞ、杉崎」

二人『！』
紗鳥「二人とも、今のはお互《たが》い悪かった。ちゃんと謝《あやま》りなさい」
杉崎「え。いや、あの、ですから、これは、いつものスキンシップといいますか……」
深夏「あ、ああ、そうだぜ先生。これはその、本気でやりあっているわけでもなくてさ……その……」
紗鳥「？　本気ではないのか。そうか、あれか。お前達は、創作《そうさく》用に、わざと、そういう阿呆《あほう》のような振《ふ》る舞《ま》いをしていると、そう言うのだな」
深夏「あ……いや、そ、そう言われるとアレなんだが……うぅ」
杉崎「いや、先生？　今のとこは、もっとこう、そのままのテンションで流してくれたらありがたいというか、いちいち引っかからないで欲《ほ》しいというか……」
紗鳥「それはすまなかった。以後、気をつける」
杉崎「……あ、うん、そこは反省《はんせい》しちゃうんだ……。……えーと……」
紗鳥「ふむ、ところで、三年生両名。お前達はちゃんと仕事しているか？」
会長「？　そんなの、トーゼンだよ！　私は、凄《すご》く優秀《ゆうしゅう》だからね！　もう、全ての仕事をバリバリこなしまくっちゃっていると言っても、過言《かごん》では——」

紗鳥「そうか、これからも期待しているぞ」
会長「へ⁉　え、あ、うん……」
紗鳥「紅葉はどうだ？」
知弦「ええ、ちゃんと仕事してますよ。アカちゃんを愛《め》でたり、キー君いじめたり……」
紗鳥「……あんまりそういうことしちゃ、ダメだぞ」
知弦「⁉　え、あ、はい、すいません」
紗鳥「椎名（妹）。お前は仕事、ちゃんとしているか？」
真冬「はい！　勿論《もちろん》です！　ＢＬ小説の執筆《しっぴつ》、ブログの更新《こうしん》、攻略ウィキの充実《じゅうじつ》……全て、順調に捗《はかど》っています！」
紗鳥「……それは、本気で言っているのか？」
真冬「え⁉　あ、いえ、その………ちゃんと、生徒会の仕事も、しています……です」
紗鳥「だよな。うん、椎名（妹）は、そこまで駄目《だめ》な生徒ではないと、私は確信していたからな」
真冬「あ……と、その、それは、そうなんですけど、それ言っちゃ、その、おしまいと言いますか……」
紗鳥「というわけで、先生は、今日も生徒会の皆《みんな》が真面目に働いていてくれて、とても嬉《うれ》しく思うぞ！」

生徒会役員『…………はい』

紗鳥「この調子で、これからも、真面目に頑張《がんば》るように！　お前達の日頃《ひごろ》の頑張りは、きっと、誰《だれ》かが見ていてくれるからな！」

生徒会役員『…………はい』

紗鳥「そんなわけで、今日の生徒会、終了《しゅうりょう》！」

生徒会役員『……明日《あした》も頑張ります』

《真儀瑠紗鳥の生徒会殺し》終了

紗鳥「どうだ、藤堂」

藤堂『す……凄すぎますわ！　まさに完殺、完封《かんぷう》！　生徒会の勢い、テンション、ギャグ、その他諸々《もろもろ》を根こそぎ刈《か》り取るその様、まさに死神、《生徒会殺し》！』

生徒会全員『…………はぁ』

藤堂『しかもすっかり生気まで奪《うば》われてますわ！』

紗鳥「マグロやサメが泳いでいないと死んでしまうのと同じだ。ボケやツッコミ、テンションの高さを根こそぎ殺された生徒会は、その生気までも失う」
藤堂『まさに必殺ですわ！　素晴《すば》らしい技《わざ》です！』
紗鳥「ただし藤堂。この必殺技には、一つ、致命的《ちめいてき》な弱点がある」
藤堂『！　な、なんですの⁉』
紗鳥「それはな……」
藤堂『……はい』

紗鳥「……限りなく、虚《むな》しい」

生徒会役員『…………ふぅ』

藤堂『確かにっ！　張り合いが無いにも、程《ほど》がありますわっ！』

紗鳥「生まれてこのかた、ずっと他人をいじり倒《たお》してきて、私は悟《さと》ったことが一つある」

藤堂『な、なんですの？』

紗鳥「いじる対象は、そこそこ、活《い》きがよい方が面白《おもしろ》い」

藤堂『！　深い！　深いですわぁ！』

紗鳥「そういうわけだ、藤堂。質問の答えにはなってないかもしれないが……」
藤堂『いえ！　とても勉強になりましたですわ！　ありがとうございました！』
紗鳥「おう。……というわけで、コーナーも終わったんで、私もそろそろ帰るわ。じゃーな」

紗鳥、退場。しかし生徒会、空気は一切《いっさい》持ち直さず。

会長「……じゃ、エンディングトーク」
全員『……いえーい……』
会長「……チョコレートって、美味《おい》しいよね……」
真冬「……はい、美味しいですね……」
会長「……あの、甘さがいいよね……」
深夏「……甘いものは、美味しいよな……」
知弦「……あら、辛《から》いモノも、美味しいわよ……」
杉崎「……知弦さんは、大人《おとな》だなー……」
会長「……私だって、大人だよー……ぷんぷん」

杉崎「……わー、会長に怒られたー……」
真冬「……ふふふ」
深夏「……あはは」
知弦「……うふふ」

藤堂『あ、アナタ達どれだけ普通《ふつう》の会話しているんですの！　しっかりなさいませ！』
杉崎「あ、リリ……じゃなかった、藤堂さんだぁー……」
会長「まだ電話切ってなかったねー……」
藤堂『《生徒会殺し》、いつまで引きずっているんですの！　そんなの……そんなの、私が見下したい生徒会じゃございませんわー！』
知弦「……藤堂さんが、生徒会にデレたわ」
藤堂『で、デレてませんわよ！』
深夏「……あれだな。孫○空に対する、ピッ○ロやベ○ータのスタンス、だな」
藤堂『大体合ってますけど、それはそれでシャクですわ――と、そう、それですわ、椎名深夏！　本来の貴女《あなた》は、そういう風に、なにかにつけては漫画《まんが》ネタに持ってく人なんですわ！　決して、甘い物が美味しいとか、そんな会話をするような子ではないのですわ！』
深夏「いや、それはそれで偏見《へんけん》だけど……。……ま、確かに、そうだったかもな」
藤堂『そうですわ！　ほら、他のメンバーもしっかりなさいませ！　本来の自分を、個性を、取り戻《もど》すのです！』
会長「むー！　キンキンキンキン五月蝿《うるさ》いなぁ！　私は、人にそうやって怒られるのが、一番嫌《きら》いなんだよ！　会長は、偉《えら》いんだよ！　ぷんぷん！」
知弦「そうよ。アカちゃんに教育を施《ほどこ》していいのは、私だけなのだから」
杉崎「いや何言ってるんですか、知弦さん！　全ての美少女に調教を施していいのは、俺だけなんですよっ！　そこをはき違《ちが》えないで頂《いただ》きたい！」
真冬「そしてそんな先輩《せんぱい》を調教するのは、中目黒《なかめぐろ》先輩ですね！　分かります！」
藤堂『そう、それですわ！　取り戻して良かったのかどうかはさておき、それでこそ、最低最悪集団たる、生徒会ですわ！』
会長「うるさいから、電話切る」
藤堂『な――！　貴女、ここまでしてあげたわたくしをそんな扱《あつか》い――』
　ブツン。電話終了。
会長「そんなわけで、仕切り直して、エンディング！」

全員『いぇぇぇぇぇえええええい！』
会長「今日もこれでお別れしましょう！　復活した、《今日の知弦占《うらな》い》！」
杉崎「テンション無駄《むだ》！　折角《せっかく》戻った俺達のテンション、完全に無駄！」

♪　神秘的なBGM　♪

知弦「では、今日の知弦占いを。まず、A型のあなた」
杉崎「いつの間にか星座占いから血液型占いになってる！」
知弦「A型のあなた。AB型の人に負けます」
杉崎「負ける⁉」
知弦「AB型のあなた。B型の人に負けます」
杉崎「なにこれ！　血液型戦争⁉」
知弦「B型のあなた。O型の人に負けます」
杉崎「なんだこれ！　あれか！　4すくみか！　それぞれに苦手と得意があるのか！」
知弦「O型のあなた。……お前が、ナンバーワンだ」

杉崎「頂点に君臨《くんりん》した⁉　まさかのO型最強日⁉」
知弦「というわけで、A型の人は、今日は狩《か》られないように気をつけましょう」
杉崎「A型ぁー！　今日のA型ぁー！　生きろぉー！　生きろぉー！」
会長「そんなわけで、今日のラジオ及《およ》び生徒会活動、終わりっ！」
女子一同『おやってらー！』
杉崎「なんか新しい言葉出来てた！　しかも皆息合ってるし！　うぅ……最早《もはや》今日の俺の疎外《そがい》感は限界点を超《こ》えたぞぉおっ！　うわぁぁあああああああん！」

＊

杉崎鍵が泣きながら去ったあとの生徒会室。
実はまだ放送していたラジオにて。

会長「……と、いうわけで。全体通した裏企画《きかく》《杉崎鍵のハーレムキャラ殺し》、通称《つうしょう》《ころけん》のコーナー、終了ぉー！　皆、お疲《つか》れー」
全員『お疲れ様《さま》でしたぁー』
会長「やー、見事《みごと》にハーレムの主《あるじ》らしさを削《そ》いであげたね！」
深夏「ま、ラジオ自体は微妙《びみょう》だけど、鍵に一泡《ひとあわ》吹《ふ》かせられるなら、あたしはバンバン協力するぜ！」
真冬「真冬が告白して以降《いこう》、先輩はちょっと調子に乗ってましたからね！　ここでビシッと引き締《し》めるのは、真冬も大賛成です！」
知弦「確かにあの子、最近私のことを甘く見てきたフシがあるからね。いい企画だったと思うわ、アカちゃん」
会長「えへへぇ、どうもどうも。……おっと。あれ、メールだ。……杉崎から」
深夏「ん？　なんだって？」
会長「ええと……『海に行ってきます。探《さが》さないで下さい』だって……」
全員『…………』
会長「……えーと……」
知弦「……アカちゃん。これ、ホントの意味で《ころけん》になりかねない――」

会長「ま、また来週〜！」

全員『流したっ！　そして来週もやるんだ！』

会長「………さて、通報よ！」

深夏「もう放送事故レベルだろこれ……次回やれないだろ……」

※その後杉崎氏は砂浜《すなはま》に棒《ぼう》で「ぼくの、ハーレム」と何度も書いているところを、警察に保護されました。関係者各位には多大なご迷惑《めいわく》をおかけしましたこと、この場で、深くお詫《わ》びしたいと思います。本当に申し訳《わけ》ありませんでした。

【第四話〜二人の生徒会〜】

「どんなに無駄《むだ》と思えても、やらなきゃいけないことって、あるんだよ！」

会長がいつものように小さな胸《むね》を張ってなにかの本の受け売りを偉《えら》そうに語っていた。

俺《おれ》は即座《そくざ》に、それに返す。

「それは、俺と会長の二人しか集まってない生徒会のことでしょうか」

「……うん」

会長はすぐにしゅんとして自分の席に着く。途端《とたん》、生徒会室を静寂《せいじゃく》が満たす。遠く離《はな》れた吹奏楽部《すいそうがく》の練習の音まで聴《き》こえるぐらいだ。……妙《みょう》にもの悲しい。

「なんか……生徒会室、広いね」

「まあ……そうですね」

それもそのはず。会議が開始されているというのに、現在この生徒会室には、俺と会長の二人しかいないのだ。

「こういう状況《じょうきょう》自体、珍《めずら》しいよね……」

「確か、五月ぐらいに会長が、つまらない人間がどうこう言ってた時以来じゃないですかね。ほら、本では一巻の第一話にしたあのあたり」

「あー、懐《なつ》かしいね。でもあの時も、すぐに他のメンバーも集まる状況だったし」

「ですね。あと、どうしても外《はず》せない用事で一人欠《か》けてたりすることはたまにあっても……今日みたいに、姉妹《しまい》と知弦《ちづる》さん、三人も来られないことなんて、ホント初めてじゃ」

「だねー」

「…………」

「…………」

　会話が止まると、途端に、室内がシーンとしてしまう。そりゃ俺と会長しかいないのだから、二人が喋《しゃべ》らないとそうなるのは当然なのだけれど。フルメンバーいれば、入れ替《か》わり立ち替わりどんどん喋るから、こんな風にはならない。

　あまりに気まずかったのか、会長が少し焦《あせ》った様子で会話を切り出してきた。

「さ、さあ杉崎《すぎさき》、じゃ、今日は何を話し合おうか？」

「え？　会長、いつもみたいに議題無いんですか？」

「うん？　無いよ？　だって二人きりで決めちゃえることなんて、あるわけないよ。メンバーの過半数いないんだから」

「いや、そう当然のように言われましても。じゃあ、俺達、なんで集まってるんですか」

「それを杉崎に訊《き》いているんだよ」

「えー！　俺任《まか》せ⁉」

「うんうん、たまには杉崎の意見も聞かないとねー」

「こんな時だけ都合《つごう》良く……。……あ！　じゃあ、折角《せっかく》二人きりなんだし、俺と愛を語らうってのはどうで――」

「今日の生徒会、終了《しゅうりょう》のポーズ！　ビシ！」

「ああっ！　なぜかアニメ版で追加されたその謎《なぞ》要素を使うほどイヤですかっ！」

「うん。よく考えたら、とっても美しい私が生徒会室に杉崎と二人きりなんて……動物園でクマさんの檻《おり》に、全裸《ぜんら》で鮭《さけ》を抱《かか》えて飛び込《こ》むのと同じぐらい、危険だったよ！」

「いやそれはある意味、動物園に全裸で鮭抱えて現れたヤツの方が危険人物では⁉」

「じゃ、今日は、生徒会終了～」

「ま、待ってぇ～！　ちゃんと議題提示するから、俺の一日の唯一《ゆいいつ》の楽しみを終わらせないでぇ～！」

「むむぅ……そんなに言うなら、仕方ないなぁ。でも一応、防犯《ぼうはん》ブザーの用意だけはさせてね」

「俺、そんなに信用無いですかねぇ！」

「……………信じてるからね、杉崎」

「そんなトーンのセリフが欲《ほ》しいんじゃないやい！」

というわけで、会長が右手にしっかりと、ご両親から渡《わた》されたのであろう防犯ブザーを握《にぎ》りこんだところで、会議再開。

「まずは、『二人でも出来ること』を考えていってみようよ！」

「二人でも……そりゃえっちな――」

《ブゥワンワンワンワンワンワンワンワンワンワンワンワンワンワンワンワンワン！》

「押したっ！　躊躇《ちゅうちょ》なくブザー押したっ！」

「あわわわわ、こんなにおっきい音なるなんてっ！　す、杉崎、これ、どうやって止めるの!?」

「防犯ブザーを気軽に押すんじゃありません！　ええと、これは確か……こうかな」

「お、止まったよ」

「止まりましたね。はい、これ返します」

「ふぅ、助かったぁ。ツッコミに防犯ブザーは駄目《だめ》だね！」

「まあ、俺もあのタイミングであのボケは反省《はんせい》です」

「よし。反省しているみたいだし、なぜか防犯ブザーの止め方を熟知《じゅくち》していたことについては、ノータッチで進行してあげよう！」

「ありがとうございます！」

「それにしても、あれだけの音を鳴らしても誰一人《だれひとり》様子を見に来ようとしてくれないなんて……」

「どうせ、『なんだ！　すげぇ音がするぞ！　どこだ！　あ、生徒会室か。ならいいや』っていう感じなんでしょうね、生徒全員」

「……私達って、なんなんだろうね」

妙《みょう》に凹《へこ》んだところで、二人、定位置に戻《もど》り、仕切り直し。

「さて、改めて二人でも出来ることだけど……」

「雑務《ざつむ》とか？」

「えー！　めんどくさいー！　それこそ、五人の時にやろうよー」

「まあまあ、そう言わず。結構暇潰《けっこうひまつぶ》しになるものもあるんですよ？　例《たと》えば……ちょっとした要望を叶《かな》えてみたりとか」

俺は生徒会への要望をまとめた書類を取り出し、そこにリストアップされている仕事の一つを読み上げる。

「えーと、『トイレの芳香剤《ほうこうざい》を、たまには違《ちが》う香《かお》りにして下さい』とか」

「あー、なるほど。五人で話し合うまでもなさそうな、些細《ささい》な要望だね！」

「会長はこれ、どう思います？」

「うん、別にいいんじゃない、芳香剤替《か》えても」

「分かりました。じゃあ、早速《さっそく》トイレの芳香剤を替えておきますね」

「じゃ芳香剤発注の書類を……よいしょと。えーと、……『アンモニアの香り』、と」

「うん、お願い」

「うん、やめて」

「『会長がどうしてもと言うので……』と」

「なに付記《ふき》してるの！　ああ、もう！　使えない部下の不始末《ふしまつ》を片付ける上司って、こういう気分なんだろうね！　とにかく、アンモニアの香りはやめて！」

「トイレの香りの定番なのに……」

「確かに定番だけどねっ！　もっと普通《ふつう》でいいよ！」

「もっと普通？……じゃ、『タバコの香り』で、と」

「不良校！　うちのトイレ、なんかすんごい不良校みたいになってるけど!?　そしてなんで杉崎の中でそれがアンモニア臭《しゅう》の上いく定番なのよ！」

「いや、なんとなくのイメージですが……」

「そんな緩《ゆる》い動機でその芳香剤はやめて！　っていうか紛《まぎ》らわしいよ！　無実の生徒がバシバシ停学もらっちゃいそうな芳香剤だよ！」

「魔《ま》の芳香……なんかいい響《ひび》きですね！」

「いいから！　そういうのいいから、普通の芳香剤に——もう、私の一存で、花の香りの芳香剤に決定！」

「ちぇ、横暴《おうぼう》な会長だなぁ」

「そう言われるのはいつものことだけど、この場面で言われるのは特別腹立つよ！」

「じゃ、会長の一存で、『ラフレシアの香り』に決定——」

「するなっ！　なんでわざわざ腐臭《ふしゅう》の香りで有名な花に決定するのよ！」

「お、おで、かいちょが、よ、よろこぶ、おもて……うぅ」

「なにその唐突《とうとつ》な『強面《こわもて》で言葉足らずだけど心は綺麗《きれい》』キャラ！　もう、いい！　ラベンダーの香りで、いいよ！」

「でもそれだと、会長がお手洗いに行く度《たび》に富良野《ふらの》の大自然の中での生活を思い出して、ホームシックになってしまうのでは？」

「そうだね、それは困《こま》ったね……って、私は『北○国から』みたいな生活したことないよ！　そもそも富良野に住んだことさえないよ！」

「みてみて、会長。『子供がまだエロゲ選んでいる途中《とちゅう》でしょうがっ！』」

「なんで急に史上最低のモノマネしたの⁉　とにかく、トイレの芳香剤はラベンダーで決定！」

……そう会長に言い切られて、僕は、何も言い返せなかったわけで……。

「そのモノローグもやめなさい！」

なぜか、モノローグまで見透《みす》かされ、否定されたわけで……。

「とにかく、次！　こうなったら、普段疎《ふだんおろそ》かにしちゃっている細々《こまごま》したもの、どんどん片付けちゃうよ！」

「お、やる気出て来ましたね。じゃあ……あ、これなんていいかな。要望なんですけど」

「なになに？」

「『三年C組の掃除《そうじ》用具がボロくなってきているので、そろそろ取り替えて欲しい』とのことで」

「まあ、それも普通にいいんじゃない。備品《びひん》用の予算、テキトーに割《わ》り振《ふ》って――」

「分かりました。じゃ、書類を持って来て……よいしょ。うーんと……じゃあ、俺の好きな『十八禁』という言葉にあやかって、十八円、と」

「やっす！　そしてあやかるところおかしい！　流石《さすが》にそれじゃ雑巾《ぞうきん》一枚手に入れられるか怪《あや》しいよ。もっとあげてよ」

「じゃ、十八億と」

「今度はあげすぎだよ！　3―C、どんな掃除用具手に入れるつもりなのよ！」

「カシミアの雑巾、純金のモップ、象牙《ぞうげ》のはたき、プラチナのばけつ、あたりでしょうか」

「なんのために！」

「じゃあ分かりました。お金じゃなくて、現品《げんぴん》支給にします」

「最初からそうしておけば良かったよ……。あ、純金とかじゃなくていいからね？」

「分かってますって。よし……じゃ、支給と。『ナイフ』『毒針《どくばり》』『拳銃《けんじゅう》』『鋼糸《こうし》』――」

「なに支給してんのよ！」

「いや、だから、掃除用品を……」

「3―Cは何を掃除しようとしているの！」

「社会に蔓延《はびこ》る、法では裁《さば》けぬ悪、でしょうか」

「うちの生徒になにさせようとしてるのよ！　とにかく、普通のもの支給して！　雑巾とかモップとか、そういうの！」

「じゃ、会長の要望により、『クロロホルムの染《し》みこんだ雑巾』『仕込み刀《がたな》のモップ』も追加っと」

「そんなもの要望した覚《おぼ》えはないよ！　普通の雑巾とモップでいいんだよ！」

「マジですか。3—Cは、手練《てだ》れ揃《ぞろ》いなんですね」

「いやいやいやいや、『俺達にかかれば普通の掃除用具でも充分凶器《じゅうぶんきょうき》だぜ』的なことじゃないからね!?」

「またまた、謙遜《けんそん》しちゃって。会長も同じ三年なんだから……結構やれるんでしょ？」

「なにが!?　碧陽《へきよう》学園のカリキュラムをどういうものだと思っているの!?」

「じゃ、まあとにかく、なんに使うにせよ、掃除用具は普通の、ありふれたものを、支給させて貰《もら》いますね」

「掃除に使うだけだよ……」

「掃除に使うだけ、か。なんかカッコイイですね」

「勝手に深い意味で受け取るのやめてくれる!?」

とりあえず掃除用具の一件が一段落したところで、会長は「ふぅ」とため息を吐《つ》く。

「確かにこれはこれでやるべきことなんだろうけど……なんか、充実感《じゅうじつかん》ないね」

「まあ、正直《しょうじき》なとこ、そうですね。俺一人でも片付く雑務だし」

「いや、杉崎一人に任せてたら大変なことになってた気もするけど……そうだね。二人でも出来ることというより、一人でもやれるレベルなんだよね」

「会長一人だと怪しい気もしますけどね」

「うーん……これは最初の発想が悪かったかもしれないわ。『二人でも出来ること』じゃなくて、『二人だからこそ出来ること』を探《さが》すべきだったんじゃないかしら」

「お、なんかデス○ート第二部クライマックスを若干彷彿《じゃっかんほうふつ》とさせる、カッチョイイ論理ですね」

「ふふふ。よし、『二人だからこそ出来ること』を、早速探すわよ！」

「だったらやっぱり、それこそ、えっちな――」

《ブゥワンワンワンワンワンワンワンワンワンワンワンワンワンワンワンワンワン！》

「またブザー押した！」

「キャー！　助けてぇー！　変態《へんたい》さんだよぉ――――！」

「そして今回はマジブザー!?　いや、会長、耳がおかしくなるんで、それ止めて下さい！」

「……うん、まあ、確かにうるさいよね。えい」

会長はさっきの俺のやり方を真似《まね》て、ブザーを止める。数秒の沈黙《ちんもく》の後、会長はぷくっと頰《ほお》を膨《ふく》らませ、こっちを睨《にら》んだ。

「で、杉崎、何か、私に言うことはない？」

「え？　好きです」

「なにその最悪のタイミングでの告白！　もっと他に言うことあるでしょ！」

「え？　うーん……。……去年のM―1、誰《だれ》が一番面白《おもしろ》かったと思います？」

「それホントに今話すべきことかなぁ！　そうじゃなくて、謝《あやま》って！　また性懲《しょうこ》りもなくセクハラ発言したこと！」

「あー。じゃ、サーセンw」

「全然謝られてない！　そういうとこケジメつけない男、私は嫌《きら》い――」

「どうも、この度《たび》は、誠《まこと》に申し訳《わけ》ありませんでした」

「土下座《どげざ》!?　急に本気度が急上昇《きゅうじょうしょう》だね！　も、もういいよ！」

会長に許された俺は、自分の席に戻《もど》る。うんうん、いくらボケとは言え、流石に会長に嫌われてしまうとなると、話は別だ。全力で謝らせて貰うに決まっている。

会長は一度咳払《せきばら》いし、話を元に戻した。

「とにかく、『二人だからこそ出来ること』だよ！」

「と言われましてもねぇ。『えっちぃこと』は確かにボケですが、正直、二人でしか出来ないことなんて、それ以外思いつかないってのも事実なんスよね」

「杉崎の脳内はホント残念だね……と言いたいところだけど、確かに、二人でしか出来ないことなんて、そうそう無いわね」

「えっちぃことも、三人以上いたって出来ますからね」

「その一言は確実に要《い》らないと思うけど、とにかく、二人だからこそかぁ……」

そのまま数秒、会議が止まってしまう。またも、シーンと静まりかえる生徒会室。

名案が出たわけではまるでなかったが、とりあえず無音は空気が辛《つら》いので、俺は、テキトーに、思いつくままに口を動かす。

「二人だと生徒会室を広く使える……という部分で、何か、出来ないでしょうか」

「確かに、広いよね生徒会室……」

「よし、この長机《ながづくえ》をベッドに見立てて、二人で——と、ごめんなさい。とりあえずブザーしまって下さい」

「分かればよし。……じゃあ、とりあえず、本格的に生徒会室を広くしてみようか。机とか、脇《わき》によけちゃってみよう」

という会長のお達しにより、俺、ほぼ一人でお片付け作業。数分かかって、机やらなにやら邪魔《じゃま》なものを、壁《かべ》側に寄せたり折りたたんだりする。

そうして。

「うん、この生徒会室の広い感じは、なかなか斬新《ざんしん》でいいよ」

机は脇に避《よ》けたまま、椅子《いす》だけが部屋の中央に配置され、そこで二人、向かい合うカタチになる。——と、会長はもじもじと足を動かし始めた。

「な、なんかこう机なくなって、全身で面と向かうと、ちょっと緊張《きんちょう》するよ……」

「た、確かに、なんかこう、手持ちぶさたっていうか、壁が消えた感じしますね」

「だね。……うぅ、杉崎、スカートの方見ないのっ」

「え⁉ あ、いや、すいません、本気でそんなつもりでは。ただ、普段《ふだん》こういう状況《じょうきょう》は無いんで、なんか……こう……」

「な、なによ」

「いや、その……」

「…………」

「…………」

き、気まずい。なんだこれ。お互《たが》い真正面からガッツリ向かい合うのって、こんなに気まずいものだったか？　あ、ああ、そういえば会議の時も、俺と会長って席の関係上正面から向き合うこと無いから、余計に違和感《いわかん》があるのかもしれない。

会長が照《て》れて俯《うつむ》いたりするせいで、俺が余計に照れる。俺が照れるせいで、会長が更《さら》に照れる。……悪循環《あくじゅんかん》にも程《ほど》があった。

「なんかあれですね。お見合いみたいな空気になってますね……」

「す、杉崎とお見合いなんかしないもん！」

「ですよね……」

「…………」

「…………」

「…………ご趣味《しゅみ》は？」

「するんですかっ！　えーと、エロゲです！」

「さて、次なにしようか」

「お見合い設定終わった！　一言で終わった！　なんかごめんなさい！」

「二人で喋《しゃべ》るだけなら、机をどけた意味がないんだよ！」

「じゃあなんでお見合い始めたんですか……」

「二人で、広い部屋で、出来ること。それは……」

「それは？」

「……うーんと……。……鬼《おに》ごっこ？」

「…………」


と、いうわけで。


「げへへ、げへへ、そこの可愛《かわい》い娘《むすめ》、待てぇー！」

「いやぁー！　助けてぇー！　お母さぁあああああん！」

「ぐへへ、ぐへへ、ぐへへ」

「いやぁ！　いやぁ！……あ！」

「ふふふ、馬鹿《ばか》め、自《みずか》ら隅《すみ》に行くとは！　これでお前は袋《ふくろ》のネズミよ！」

「うぅ……ぐすぅ……あ、こういう時こそ、ブザー！」

「甘いわ！」

「あ！　返して！　私のブザー、返して！」

「げへへ、泣いても喚《わめ》いても、助けはこないぜ！　観念しな！」

「あ、ああ、あああ……」

「うぉりゃあああああああああ！」

「いやぁああああああああ！」

　肩《かた》にタッチ。攻守交代《こうしゅこうたい》。

「ふっふっふー。実は私こそ生徒会長にして、鬼だったのだぁー！」

「わぁ！　な、なんだってぇ!?　お、お助け、お助け、ひぇ～！」

「くっくっく、ライトノベルにおける、最強系女子に絡《から》んだ暴漢《ぼうかん》の致死率《ちしりつ》を知っておるかねー！」

「ぎゃあああああ！　助けてぇ！　鬼が来るぅ！　そしてあっさり、見せ場もなく同情もなく殺されるぅー！」

「まてまてぇー！」

「助けてー！　わ、流石《さすが》生徒会室！　もう逃《に》げ場《ば》がない！」

「はっはっはー。では……くらえぇ！　超《ちょう》必殺——」

「ぎゃあああああああああ！」

「デーモン、タァァァアッチ！」

肩にタッチ。攻守交代。


「ぐわっはっはっは。この前はよくもやってくれたな、娘ぇ！」

「きゃあ！　ば、化物《ばけもの》だぁー！」

「くく、今の貴様《きさま》が、記憶《きおく》も能力も失っていることは、既《すで》に調査済《ず》みよぉ！」

「やぁ！　来ないでぇ！　来ないでぇ！」

「この前の借《か》り、十倍にして返してくれるわぁ！」

「いやぁ！　よく聞く台詞《せりふ》だけど、改めて考えると凄《すご》く理不尽《りふじん》だよー！　なんで十倍になるのー！」

「もう逃げ場はないぞぉ、娘ぇ！　その身を……八《や》つ裂《ざ》きにしてくれるわぁ！」

「きゃあああああああ！」

肩にタッチ。攻守交代。

「くくく、愚《おろ》か者《もの》め！」

「なにっ、この威圧感《いあつかん》は！」

「ライトノベルにおいて、主人公格、ヒロイン格がピンチに陥《おちい》った時の特性を忘れていたようだなぁ！」

「く……なんだこれは！　気圧《けお》されている⁉　この化物の力を手に入れた俺様をもってしても、気圧されるだとぅ⁉」

「ふふふぅ……私達主要メンバーは、ピンチになると、都合《つごう》良く隠《かく》された力が発動する確率が極《きわ》めて高いのだぁー！」

「しまったぁ！　ひぇええ！　逃げろぉー！」

「無駄《むだ》よ」

「なに⁉　前に回り込まれただと！　なんて速さだ！」

「ただ単に狭《せま》い生徒会室で逃走《とうそう》ルートがワンパターンだから回り込めるだけ……とかじゃなくて、私は、凄《すご》いのだぁ！」

「ひぇぇえ！　こんなヤツに、勝てる気がしねぇえええ！」

「観念しなさい！　スゥパァ、デーモン、タァァァァアッチ！」

「ぎゃああああああああああ！」

肩にタッチ。攻守交代。

「げへへ、貴様の力、我《わ》が能力で吸収《きゅうしゅう》させて貰――――」

「もういいよ！」

というわけで、会長の叫《さけ》びにより、鬼ごっこ終了《しゅうりょう》。会長はなぜかめっちゃ怒《おこ》ってた。

「長いよ！　長すぎるよ、このやりとり！　いつまで続くのよ！」

「なんか、お互い、やめどきを見失った感はありますよね」

「う、うん、まあ、私も悪かったけど。なんか、自分が鬼で終わるのはシャクだったというか……」

「子供の遊びって、意外とやってみるとムキになりますよね……」

「うん……今のも、全然、まだまだエンドレスでやれたよね……」

「ただ、生徒会活動では、絶対ないですけどね」

「うん」

二人、肩を落として、少し息を荒《あら》くしながら、席に着く。ふりだしに戻《もど》る。

会長は息を整えながら、切り出してきた。

「部屋を広く使うにしても、ただ、駆《か》け回る以外の方法もあると思うのよ」

「たとえば……、なんですか？」

会長はうーんうーんと頭を捻《ひね》り……捻り……捻った末、奥の奥の方から無理矢理引っ張《ぱ》り出してきたようなアイデアを、提案してきた。

「キャッチボール……とか」

「…………」

と、いうわけで。

「ピッチャーびびってる！　ピッチャーびびってる！」

「いや、ピッチャー役自《みずか》ら何を言っているんですか。ほら、会長、そのテニスボール早く投げて下さい」

入り口側に会長、窓側に俺という配置でキャッチボールが始まった。グローブと、そしてテニスボールはなぜか備品の中にあったので、それを使用。

ちなみに会長が「私の剛速球《ごうそっきゅう》を見せてあげる！」とか言い出したので、俺は普通《ふつう》のグローブながらキャッチャー役として、こうして中腰《ちゅうごし》で構《かま》えていたりする。

「やー、こうして見ると、生徒会室も中々広いね！　可能性に満ちているね！」

「まさか生徒会室自身も、中でキャッチボールされるとは思ってなかったでしょうね」

「よぅし、いくよー、杉崎！」

「はいはい、思いっきり投げて下さい」

どうせ暴投《ぼうとう》するだろうけど。俺の後ろは窓だけど、まあ会長のへっぽこテニスボールぐらいなら、当たったところで割れたりしないだろう。むしろ、俺が軽く投げたボールを会長が無理に捕《と》ろうとして窓に頭から突《つ》っ込《こ》んだりする方が危険だ。………ところでなんか俺、本格的に、やんちゃな子供を持つ親みたいな考え方し始めた気がするなぁ。

「いくよー」

「おっけーでーす」

「必殺！　見える魔球《まきゅう》！」

「なんて斬新《ざんしん》な技《わざ》だ！」

というわけで、典型的な「女の子投げ」たるフォームから、想像以上のへなへなボールが繰《く》り出される。ある意味プロ野球選手は空振《からぶ》りしてしまいそうな、気の抜《ぬ》けたボールだが、意外にもコントロールは良かったらしく、俺の構えたグローブにすっぽりおさまった。

「おー、ナイスコントロール」

「ふふふ、こう見えて私、父親からは『将来は大リーガーだなぁ』と言われていた逸材《いつざい》だからね」

「わー、なんか腹立つぐらい温《あたた》かい家庭」

俺は笑いながら会長にボールを山なりに、ぽーいと軽く放り返した。

――と。

「危《あぶ》にゃい！」

会長は思いきり横に飛び退《の》くとテニスボールを見事に回避《かいひ》した！　ボールは生徒会室の戸へと軽く当たり、ぽんぽんと俺の方へ跳《は》ね返ってくる。それを見守り、額《ひたい》の汗《あせ》をぐっと拭《ぬぐ》う会長。

「ふぅ。ピッチャー、びびってる！」

「本気でびびってたんですか！　ってか受け取りましょうよ、ボール！」

「え？　受け取るの？……その発想はなかったよね」

「なかったの⁉『キャッチボール』って言ってるのに⁉」

「その名前に騙《だま》されてたところはあるよね。てっきり、『ドッジボール』の親戚《しんせき》なのかと」

「はぁ……とにかく、キャッチボールは、『投げて、受け取る』っていう繰り返しをするんですからね？」

　そう言いながら、俺はボールを拾《ひろ》う。会長は「ＯＫＯＫ」と笑顔だった。

「じゃあ、ピッチャーとキャッチャーやめて、普通にやる、ジャッジボール」

「何を審判《しんぱん》するのか知りませんが、とにかく、キャッチボールをやりましょう」

　というわけで、普通にキャッチボールを数往復《おうふく》させてみるも、会長が思っていたよりちゃんとしているだけに、どうにも一味足りない。俺は一つ提案してみた。

「じゃあ、言葉のキャッチボールも一緒《いっしょ》にしましょうか。ボール投げる時に意見や質問を乗せ、受け取る側は、それに答える」

「お、いいね。じゃ、今ボール持っている私からいくよ」

「ＯＫです」

　会長はすぅと息を吸《す》い……今までにない、ちゃんとしたフォームで構え、そして、ほわほわボールではない、直線的な投球と共に、言葉を吐《は》き出す！

「死ねぇ！」

「いやです！」

バシィン！　凄い威力《いりょく》のボールが俺のグローブへ飛び込んで来た！　なんでだよ！

「タァイム！　これはキャッチボールじゃない！　キャッチボールと言わない！」

「え？　ちゃんと言葉交《か》わしたじゃない。私の素直《すなお》な気持ちをぶつけて、杉崎がそれを受け取る……素敵《すてき》な関係だよね」

「カタチだけはね！　少なくとも、今後殺意は込めないで貰《もら》えますかっ！」

「えー。……わかったよ。じゃあ、杉崎、投げていいよ」

「あ、そうですか。では……」

こうなったら、キャッチボールはそんなに殺伐《さつばつ》としたものではないと会長に身をもって伝えなければ。俺は……力の限り球に愛情を込め、それでいてふんわりと、会長に投球した！

「結婚《けっこん》して下さい！」

「断《ことわ》る！」

パシィン！ なんと、グローブの背で弾《はじ》き返された！ キャッチボール失敗！

「いやいやいやいや、せめて受け取りましょうよ！ 受け取るぐらいはしましょうよ！」

「あんな言葉の乗ったボール、気軽に受け取れるわけないでしょ！」

俺はこちらに転《ころ》がってきたボールを拾い、もう一度、チャレンジ。

「付き合って下さい！」

「いや！」

パシィン！ またもグローブの背で弾かれた！ しかし俺は諦《あきら》めない！

「好きなんです！」

「知ってる！ けどやだ！」

「なんでですかっ！」

「杉崎だからっ！」

「桜野《さくらの》になります！」

「勝手に婿《むこ》に入らないで！」

「浮気《うわき》はしません！」

「説得力なさすぎる！」

「全部本気ですから！」

「凄《すご》くタチ悪い！」

「じゃあ会長は俺と離《はな》れて平気なんですかっ！」

「…………」

——と、急に会長は、グローブで弾きも、キャッチもせず、ただ単に球を見逃《みのが》した。球はバウンドして戸にぶつかり、コロコロと会長の足下《あしもと》へと転がる。

会長は……なぜか、ボールをジッと見ていた。

「会長？」

「…………」

会長は何も言わず、ボールを拾う。そして……今まで見たことの無い不思議な瞳《ひとみ》で俺を見据《みす》えると、綺麗《きれい》なフォームで、ボールを放った。

「ずっと、いっしょに、あそんでください」

テニスボールは、蛍光灯《けいこうとう》の光でキラキラ揺《ゆ》れながら、放物線《ほうぶつせん》を描《えが》き。

俺のグローブへ、すぽんと収《おさ》まる。

「ずっと、いっしょに、あそびましょう。……皆《みんな》で」

俺はニカッと、会長に微笑《ほほえ》み返した。会長も、安心したように笑う。

……わかっている。これは、告白の成功なんかじゃ、ないんだって。俺の告白を全部断った上で、でも、俺とずっと一緒にいたいと言ってくれたのは……今の会長の、多分、本当に素直な気持ちなのだろう。それは、いくら俺だって、茶化したりしては……いけないことで。

本当は……俺は、もっと会長と、近い存在になりたいと、思っているのだけれど。

でも。

なんだか、今日は幸せだなと、思った。

*

翌日。全員の集まった生徒会室にて。

「そういや、昨日《きのう》は会長さんと鍵《けん》、二人で生徒会やったんだよな」

会議開始前、深夏《みなつ》がそんな話を切り出してきた。会長はなぜか胸を張って「そうだよ」と偉《えら》そうに返す。

「お二人だけで生徒会……一体なにをやられたんです？」

真冬《まふゆ》ちゃんの疑問に、会長は「えへん」と、やっぱり偉そうに返した。

「昨日は沢山《たくさん》仕事したよ！　トイレの芳香剤《ほうこうざい》決めたり、掃除《そうじ》用具取り替《か》えたり！」

「ほわっ！　なんか、いつもの生徒会より働いています！　凄いです！」

「えへん。私の実力、見たかぁ」

会長は相変わらず偉そうだった。

その様子に、少し納得《なっとく》いかない様子で、知弦さんが首を傾《かし》げる。

「キー君、本当にそれだけ？　なんか……私はもっと、この二人なら、突飛《とっぴ》なことやっているんじゃないかと想像していたのだけれど……」

「突飛なことですか。うーん……知弦さんが思うほど変なことはしてないと思いますよ？　ね、会長」

「うん。せいぜい、生徒会室内でキャッチボールしたり鬼《おに》ごっこしたりお見合いしたぐらいで……」

『突飛！』

なぜか三人が思いっきりツッコんできていた。俺と会長は顔を見合わせ「？」と首を傾げる。

「そんなことないですよね、会長」

「うん。全部、結構《けっこう》自然な流れでやってたよ」

「なんでだよ！　鍵も会長さんも、なんで自然な流れでそんなことしてんだよ！」

「なんでって言われても……あ、あと、告白しまくったり」

「あ、されたされた」

「ええ⁉　な、なんですか、先輩《せんぱい》それ！　なにサラッと衝撃《しょうげき》のイベント告白しているのですかっ！」

「あと、会長が俺とずっといっしょにいたいって……」

「……うん、それは、言ったね」

会長が恥《は》ずかしそうに頰《ほお》を赤らめる。俺もなんか少し照れて頰を赤くする。……まあ、全然、恋愛絡《れんあいがら》みじゃないんだけど。

「⁉　え⁉　アカちゃん⁉　キー君⁉　なに二人急接近しているの⁉　ちょ、貴女達《あなた》、昨日何があったのよ！」

なんか知弦さんが必死だ。なんなんだ、皆。この話、そんなに食いつくところか？

俺と会長はサッパリ意味が分からず、二人、目を見合わせる。

「なにがあったって……ねえ、会長」

「うん……特に何も……。あ、防犯ブザー何回か押したりもした」

「ああ、ありましたね。楽しかったですよね」

『なんで⁉ 楽しかったの⁉ どういう状況《じょうきょう》⁉』

「うるさいなぁ！ そんなことより、今日の会議、始めるよ！」

『始めるの⁉』

というわけで。

五人揃《そろ》った生徒会室は、今日も、とても騒《さわ》がしくて、楽しい限りだ。

【最終話～歓迎《かんげい》する生徒会～】

「行動しない者に、幸福は訪《おとず》れないのよ！」

会長がいつものように小さな胸《むね》を張ってなにかの本の受け売りを偉《えら》そうに語っていた。

そして、彼女がそのまま議題を提示しようとした、その時。俺《おれ》は、「会長」と、タイミングを見計《みはか》らって手を上げた。

「ん？　なによ、杉崎《すぎさき》。これからって時に……」

「だからです。議題提示する前に、ちょっと、お願いがあるんですが……」

「お願い？　杉崎……会議に遅《おく》れてきた上にお願いだなんて、偉くなったもんだね！」

「すいません」

「う……。妙《みょう》に素直《すなお》に謝《あやま》るわね」

普段《ふだん》と違《ちが》う俺の対応に動揺《どうよう》する会長。代わるように、知弦《ちづる》さんが答えてくれる。

「キー君がそういう態度の時は、ちゃんと理由があるものね。いいわよ。今日の会議に関しては、別に急いでやらなければいけない類《たぐい》のものでもないし」

不満そうな会長の言葉に割りいるように、椎名《しいな》姉妹《しまい》も俺の加勢に入ってくれる。

「まあまあ、落ち着けよ会長さん。いいんじゃねーの、別に。知弦さんの言う通り、今日は特に重要な会議でもねぇだろ」

「そうですよ。真冬《まふゆ》の記憶《きおく》が確かなら、先輩《せんぱい》が殊勝《しゅしょう》な態度の時は、何かある率《りつ》、百パーセントです」

「うぅ……仕方ないなぁ。じゃあ、杉崎。ちゃちゃっと喋《しゃべ》っちゃっていいよ！」

「ありがとうございます」

俺にペースを崩《くず》されてしまったのが気に食わないのか、会長は不機嫌《ふきげん》そうにだが、許可してくれた。

俺は緊張《きんちょう》を紛《まぎ》らわせるため、こほんと咳払《せきばら》い。皆《みんな》が注目する中、本題を切り出した。

「今日は一人、生徒会に見学というか……参加させたい子が、いるのですが」

「参加させたい子？　なにそれ。役員見習《みなら》い？」

「いや、そういうわけでも……。まあ、この学園に来たら人気投票《とうひょう》上位入りは確実だから、見習いでもいいかもしれないですが」

「？　うちの生徒じゃない、可愛《かわい》い子なの？　それがなんでここに？……はっ！　そっか……杉崎、遂にやっちゃったのね！　誘拐は犯罪だよ！」

「違いますよ！　どんだけ信用無いんですかっ、俺！」

「でもキー君。アカちゃんの疑問は当然よ。私達だって、意味が分からないもの。どうして急に、部外者の子を参加させたいだなんて？」

「いえ、部外者というかですね……。……とにかく、紹介《しょうかい》したら事情も分かると思うんで、とりあえず、一旦《いったん》部屋に招《まね》き入れていいですか？」

「え？　もうすぐそこに来てんのかよ？」

深夏《みなつ》の問いに、「ああ」と返す。すると、一瞬《いっしゅん》だけ生徒会室に緊張が走った。

「ま、真冬達と、真儀瑠《まぎる》先生、新聞部員さん、二年B組の方々みたいな『いつものメンバー』以外の人が、来るのですか……。ちょ、ちょっと、緊張です」

「大丈夫《だいじょうぶ》。皆会ったことはないけど、部外者というほど部外者でもないし。知っては、いると思うから」

「し、知ってる？　会ったことないけど、真冬達、知ってるんですか？」

「ああ……って、もう、面倒《めんどう》だから呼ぶよ？」

そう言って、俺はさっさと、彼女を室内に呼ぶことにする。

「おーい！　入っていいぞー！」

そう、廊下《ろうか》の方へ声をかけると。こちらはこちらで「し、しつれいしましゅっ！」と緊張で若干《じゃっかん》噛んだセリフの後、ガラガラと、戸を開いて、生徒会室に入室してきた。

それを見て、会長がCM入り前みたいな、大袈裟《おおげさ》なリアクションをとる！

「あ、あなたはっ！……。…………。……いや、誰《だれ》？」

無駄《むだ》に大袈裟なだけだった。皆の頭の上にも、「？」マークが並んでいる。俺以外、誰一人《ひとり》として彼女の顔を知らないんだから、あたりまえだ。俺は改めて彼女を眺《なが》める。

学校では見慣《みな》れない、清楚《せいそ》なワンピースで身を包んだ、儚《はかな》いイメージの女の子。肌《はだ》は雪のように白く、顔は人形みたいに小さく精巧《せいこう》。背中まで伸《の》ばした髪《かみ》のせいだろうか、小柄《こがら》で華奢《きゃしゃ》、スタイルは決して抜群《ばつぐん》ではないものの、妙《みょう》に「女の子らしさ」をその身に纏《まと》っている。ある種、深夏と正反対タイプとでも言うのだろうか。

その彼女は、いそいそと、しかし丁寧《ていねい》に、音を立てないように戸をしめると。役員達の視線に恐縮《きょうしゅく》するように、二度、三度とぺこぺこ頭を下げ……。

「す、すいません、あの、会議中、失礼致《いた》しますっ。あ、いえ、その、あ、お、お邪魔《じゃま》します。……じゃ、なくて！　えと、お邪魔はしないように、頑張《がんば》りたいと、思ってるんです。あ、でもその、お邪魔します。……いえ、決して邪魔する気じゃなくて——」

「まあいいから、一旦落ち着け」

一人でテンパってる彼女に、俺が声をかける。すると、彼女は顔を真《ま》っ赤《か》にしつつも、俺を見て、安心感からくるのであろう涙《なみだ》をジワッと浮《う》かべた。

そうして、皆が呆気《あっけ》にとられる中、俺に、情《なさ》けなく泣きついてくる。

「やっぱり無理だよぅ、おにいちゃぁん……」

『お兄ちゃん!?』

全員が一斉《いっせい》に驚《おどろ》きの声をあげる。我《わ》が義妹《いもうと》は義妹で、またその声にびくんと反応《はんのう》してしまい、「ひぅ」と涙目だ。……相変わらず、人見知りの激しい義妹だなぁ。

仕方ないので俺は彼女の隣《となり》まで行き。そうして、安心させるために肩《かた》に手を置きつつ……本当なら自分でしてほしかったが、仕方ないので、代わりに彼女を紹介する。

「というわけで、何度か話したことあると思いますが、俺の義妹の、林檎《りんご》です」

『…………』

なぜか無言。皆、呆然《ぼうぜん》とこちらを見ている。……う。なんか林檎がまた泣きそうになりながら、俺を上目遣《うわめづか》いで見てるし。

「え、ええと、それで、彼女最近こっち来てるんですけど、その、よければ、この機会に生徒会の皆を紹介したいなー……なんて」

『…………』

な、なんだこの空気。やばい。やっぱり、いつもハーレムハーレム言ってる場に、昔色々あった義妹を連れてくるのは無理があったか――

『か』

「か？」

皆の謎《なぞ》の発音に、義妹が、ちらりと、上目遣いに様子を覗《うかが》う。

刹那《せつな》――

『可愛《かわえ》ぇぇえええええええええええええええええええええええええええ！』

「ふぇぇえ⁉」

ドタドタドタドタドタドタと、全員が一斉に席から立ち上がる音！　そして、次の瞬間《しゅんかん》には俺はその場から思いっきりはじき飛ばされていた！

「杉崎の義妹!?　この子が!?　やー、聞いてはいたけど、すごい、すごいよ！」

「マズイわ……。これは、アカちゃん一筋《ひとすじ》を貫《つらぬ》く気持ちが、揺《ゆ》らいでくるわ……」

「やべぇ……。着《き》せ替《か》えしてぇ……。この子で、あたし、着せ替え遊びしてぇ」

「あれですね。義理の妹さんというのが、良い方向に出てる典型ですね！　先輩と血が繋《つな》がってなくて、本当に良かったと真冬は思います！」

「はわ、わわわ」

顔をすりすりされたり、体触《さわ》られたり、髪撫《な》でられたりと、なんかやたらモッテモテ状態で愛《め》でられる我が義妹。

一方その傍《かたわ》ら、彼女達に思い切り突《つ》き飛《と》ばされ、一人尻餅《しりもち》をついている、俺。

………………。

なんだこれ。

「おいこら、そこのハーレムメンバー共《ども》！　なんだその反応！　なんかおかしくね!?　なんか色々と、ラブコメ的に、おかしくね!?」

「決めた！　今日からキミが副会長だよ！　林檎ちゃん！」

「ひゃう？　そ、そうなんですかっ。ということは……りんごは……りんごは、ここにいてもいいんですねっ。ありがとうございます。ありがとうございます！」

「おめでとう！」「おめでとう！」「おめでとう！」「おめでとう！」

「ふつつか者ですが、りんご、頑張ります！　よろしくお願いします！」

『よろしく、新副会長！』

「二秒で俺のハーレムが奪《うば》われたぁ――――――――――――！」

相変わらずナチュラルに俺の生活をガリガリ侵食《しんしょく》していく義妹だった。

＊

「それで、どうして杉崎の義妹さんをここに連れてきたわけ？　すりすり」

「質問しながらうちの義妹に頬《ほお》をこすりつけるの、やめて貰《もら》えませんか」

「キー君。生徒会室は基本、部外者立ち入り禁止よ。なでなで」

「うちの義妹の頭を撫でながら、何を今更《いまさら》」

「まったく、こういうの困《こま》るんですよね。真冬達の会議、進まないですし。たぷたぷ」

「たぷたぷすんなっ！　別にうちの義妹太ってねぇし！」

「ホント、鍵《けん》は場をわきまえた方がいいよな。……もみもみ」

「……ぁ、ん……」

「まずお前等《ら》がわきまえろぉおおおおおおおおおおおおおおおおお！」

　俺は、義妹に群《むら》がり彼女の体を弄《もてあそ》んでいた鬼畜《きちく》共を一喝《いっかつ》する。流石《さすが》に俺の全力叫《さけ》びは効果あったようで、メンバーは口々に俺を罵《ののし》りながらも、ようやく自分達の席に戻《もど》っていた。

　そうして、彼女達が捌《は》けた後には、ただ一人、入り口近くの席……普段は真儀瑠先生の位置に座《すわ》った林檎だけが、頬を紅潮《こうちょう》させ、荒《あら》い息を吐《は》き、少し汗《あせ》をかいた状態で、取り残されていた。

「はぁ……はぁ……。……おにぃ……ちゃん……。あぅ……りんごを……みないで……」

「！　義妹が……義妹が汚《けが》されたぁあああああああ！」

『人聞き悪っ！』

　全員がツッコむ中、林檎はちゃっちゃと身だしなみをなおす。……「みないで」発言は、単純に、着衣と髪が少し乱れたのが、気になっただけらしい。

　そうして落ち着いたところで、改めて、会長が「で」と俺に訊《たず》ねてきた。

「林檎ちゃんは大歓迎《だいかんげい》だけど、でも、またどーして急に？」

「いえ、それがですね。実は、俺もここしばらくマトモに会ってなかったんですけど。両親がちょっとこっち来る用事がありまして。でまあ、いい機会だからと、林檎も一緒《いっしょ》に来て、昨日《きのう》再会したんです。それでまあ……今は割愛《かつあい》しますけど、色々ありまして」

「そりゃまあ……二人の関係を考えれば、色々あるでしょうね」

「そんな中、ふとしたことから、林檎が俺達の本を読んでくれていたこととか知りまして。だったら折角《せっかく》だし、いい機会だから、帰る前にちょっと見てって貰おうかなと」

その俺の説明に、林檎が更《さら》に「あのっ」と付け足す。

「あ、それで、その、今日の夜帰らなきゃいけないんですけどっ。その前に、おにー——じゃ、なくて、えと、兄と、会いたくて。でも、放課後は生徒会さんのお仕事があるからって……だから、あの、私が無理を言って……」

おどおど、おどおど。……相変わらずの林檎を見かねて、俺は、思わず口を出す。

「いや、違《ちが》いますよ、会長。俺が、ただ可愛い義妹を自慢《じまん》したかっただけです」

「！　ち、違うよ！　な、なんでそんなこと言うの、おにーちゃん！　違うんです、会長さん！　これは、その、りん……私のワガママなんですっ！　だから、あの、おに……じゃなくて、兄を、怒《おこ》らないで下さいっ！　すいません、迷惑《めいわく》でしたら、すぐにでも出て行きますのでっ！」

その林檎の説明に、俺はムッと来て、もう会長の方ではなく林檎の方を向いてしまう。会長が「あのー」と声をかけてきていた気がするが、しかし二人とも、もうお互《たが》いしか見ちゃいない。

「だから、違うっつってんだろ、林檎。俺だって、久々に会ったお前と少しでも長く過ごしたかったんだ。だからこれは、俺の方のワガママなんだぞ。変なこと気にしてんじゃねーよ、義妹なんだから」

「！　なに言ってるの、おにーちゃん！　昔からだけど、おにーちゃんのそういうとこ、りんごはキライだって言ってるでしょ！　りんごのこと甘やかしすぎ！」

「な、なんだと！　可愛い義妹を溺愛《できあい》することの、何が悪い！」

「そーいうとこだよ！　溺愛じゃなくて、りんごは普通《ふつう》の愛情でいいの！　飛鳥《あすか》おねーちゃんへの態度みたいなっ！　そーいうのがほしいのっ！　おにーちゃん、二年たっても、なんにもわかってないね！」

「おうおう、それはいくらお前の言葉だろうと聞き捨《ず》てならねぇぞ、林檎さんや。俺のお前に対する愛情を、なめて貰っては困る！　普通の愛情だぁ!?　んなもん、とっくに通り越《こ》しちまってるに決まってるだろうが、このクリスピーク○ームドーナツ娘《むすめ》！」

「あー！　そういう言い方するんだったら、りんごも怒るよ！　りんごがどれだけおにーちゃん好きか、もう知ってるくせに！」

「ああ、知ってるね！　だが、既《すで》に知ってしまってるからこそ、俺は余計にお前への愛をガンガン伝えていく方針《ほうしん》に切り替えてんじゃねぇかよ！　それで安心させたいんじゃねぇかよ！　そういう兄の成長ぶりが、わからねぇもんかな！」

「う……」

林檎が恥《は》ずかしそうに視線を逸《そ》らし、頬を赤らめる。

「そ、それは、あの、おにーちゃんがりんごを好きだって言ってくれるのは、嬉《うれ》しいよ……。凄《すご》く凄く……涙が出るぐらい、嬉しいよ」

「……お、おぅ。そうか……。ならよかった……」

な、なんか俺も照《て》れ臭《くせ》ぇぞ、おい。

「うん……。……で、でも、あの、そういうのは、もっとちゃんと言って欲《ほ》しいなって、思うよ。それに、そんなに無理しなくても、りんごは大丈夫《だいじょうぶ》。辛《つら》かったけど、しばらく離《はな》れて暮《く》らして、その、おにーちゃんがいない生活っていうの、ちゃんと、慣《な》れてきてるから。だから、もう、あんまり心配しなくて——」

「ちょっと待て。それはまた聞き捨てならねぇな、義妹よ！　こちとら、あれ以降《いこう》お前のことを考えない日はないんだぞ！　俺がいない生活に慣れただぁ⁉　ふざけんな！　俺は、義妹と一生一緒に過ごしていきたいぞ、こら！」

「！　そ、そんな怒ることないじゃない！　そんなの、りんごの方がだよ！　むしろ、おにーちゃんは、りんごの気持ちをなめてるね！　うん！　りんごの方が、ずっとずっと、おにーちゃんと一緒にいたいと思ってるに決まってるもん！」

「いやいや、アホか。今や俺の方がずっとずっとお前のことを――」

――と。

そこで、ようやく気付いた。

兄妹揃《きょうだいそろ》って、同時に、ようやく、気付いた。

気付いて、しまった。


『…………………………………………………………………………………………』


『！』

生徒会役員達からの、圧倒的《あっとうてき》な、無言の重圧に！

それは最早《もはや》、怒《いか》りでも同情でも哀《あわ》れみでも嫉妬《しっと》でもなんでもない！

例《たと》えていうなら……そう、それは、『無』！　圧倒的な『無』の視線の、大攻勢《だいこうせい》！

俺達を見つめる八つの目、全《すべ》てが、傍線《ぼうせん》！

『…………………………………………ふーん』

「ひゃぅ！　す、すいませんでした！　ごめんなさい！　えと、生徒会の皆《みな》さんを無視したわけじゃなくて……あの、ホント申し訳《わけ》……あわ、あわわわ」

林檎が、その圧倒的な『無感情の洪水《こうずい》』に飲み込まれる！　俺もまた、まったく声を発することが出来なかった！　なんだ、この異常な空気は！　今まで殺意だったり嫉妬だったりと色々な感情を向けられてきた俺だったが、かつて、ここまで「もうハーレムルートは無理だ」と思わせる雰囲気《ふんいき》があったろうか！　いやない！

あまりに恐《おそ》ろしすぎる静寂《せいじゃく》の中、ダラダラと汗をかく俺達に対し、代表するかのように、会長が小さく口を開く。そして……。

「……………さて。今日の会議はこれにて終了《しゅうりょう》です。お疲《つか》れ様《さま》でした」

『お疲れ様でした』

ガタン。ゴトゴトゴトゴト。生徒会役員達が、無言で帰り支度《じたく》を——

『すいませんでした————————————————！』

とりあえず、そこから五分ほど、兄妹で謝《あやま》り倒《たお》しました。

＊

「まったく！　仲良いことはいいことだけど、そういうのは、二人っきりの時とかにやるべきコミュニケーションだと思うよ！　ぷんぷん！」

「いや、ホント、申し訳無いです……」

ようやく喋《しゃべ》ってくれるようになったものの、まだご立腹《りっぷく》の会長に、俺はぺこぺこと頭を下げる。林檎もあれ以降、完全に恐縮《きょうしゅく》してしまい、椅子《いす》にちょこんと座って縮《ちぢ》こまっていた。

とにかく林檎の自己紹介《じこしょうかい》も一段落、「林檎を愛でるブーム」も一時沈静《ちんせい》化したところで、改めて会話を切り出す。

「そんなわけで、林檎はまあ見学みたいなもんなんで、会議は会議で普通にやればと思うんですが」

「ふん。なによ。誰《だれ》かさんが率先《そっせん》して二人の世界に入っちゃってたくせにっ」

「お、会長、嫉妬ですか――」

「いや、失望」

「ごめんなさい、そんな普通のテンションで失望とか言わないで下さい。すいませんでした。ホンット、すいやせんでしたぁ！」

「ふん。罰《ばつ》として杉崎は、『空流しの刑《けい》』ね。知弦、巨大《きょだい》風船とヘリウムガスお願い」

「なんですかその、絵面《えづら》はファンタジックな割にエグい罰。やるなら他の罰にして下さい」

「じゃあ罰として杉崎は、二十四時間耐久《たいきゅう》クマさんの着ぐるみ、イン、サウナ」

「だから絵面だけ可愛《かわい》いけどエグい罰はやめてくれませんかっ！」

「ふんっ」

やべ。会長の子供っぽい発想はいつものことだが、普段《ふだん》なら「ねこじゃらしでこちょばしの刑！」みたいな、本当に可愛いらしいこと言うのに。今回は本気で怒ってるんじゃねーだろうか、これは。

俺の青い顔を見て焦《あせ》ったのか、唐突《とうとつ》に林檎が涙目《なみだめ》で、バンッと机に手をついて立ち上がった。

「か、会長さん！」

「ん？　どーしたの、林檎ちゃん」

別に林檎に怒ってはいないらしい会長が、笑顔で応対する。しかし……テンパった我《わ》が義妹は、ぷるぷると震《ふる》えながら、切り出した！

「おにーちゃんを殺すなら、私を殺してぇぇっ！」

『どうした急に！』

生徒会一同がびっくりしている！　そんな中、林檎は絶賛号泣中《ぜっさんごうきゅう》だ！

「ひっく……ひっく……おにーちゃんが酷《ひど》い目に遭《あ》うの、いやだよぉ……ひっく！」

「え、いやいやいや、なにその本気モード！　だ、大丈夫だよ林檎ちゃん！　私、別に杉崎殺さないから！」

「……ほ、本当ですか？」

「うん、本当本当」

「……ぐす。……えへへ。会長さんは、世界で五番目ぐらいに善良な人です」

「極端《きょくたん》っ！」

愕然《がくぜん》とする会長に、俺は嘆息《たんそく》しながら説明する。

「林檎は、色んな意味で純粋《じゅんすい》な子なんで。あんま冗談《じょうだん》とか、通じないんですよ……」

「な、なるほど……。これは下手《へた》なこと言えないよ……」

皆《みんな》がごくりと唾《つば》を飲み込んで会話を警戒《けいかい》してしまったので、仕方なく、俺からまた話題を提示する。

「と、とりあえず、林檎には見学して貰《もら》おうと思ってましたがそれはやめて。もうちょっとお互いのこと理解するために、その、一人一人紹介していきましょうか」

そもそもキャラの濃《こ》い生徒会役員四人と、人見知りの林檎を一気に会わせたのが間違《まちが》いだったんだ。一人一人、それも俺が間に入って紹介していけば、林檎もやりやすいはず。

俺の提案に、深夏も賛同してくれる。

「そーだな、それがいいぜ、鍵」

流石《さすが》リーダー気質の深夏だ。こういうことには、ホント気を遣《つか》ってくれる。……そうだ、人当たりがよい彼女からなら、大丈夫じゃないかな。俺はまず深夏から紹介することにした。少し緊張《きんちょう》気味に着席している林檎に、俺と深夏、二人で向き直る。

「林檎。本読んで既になんとなく知ってはいるだろうけど。こいつが、椎名深夏。俺と同じクラスで、これまた俺と同じ副会長」

「おう、椎名深夏だ。よろしくな、林檎ちゃん」

深夏が手を差し出す。林檎はまた焦って、ワンピースのはしっこでごしごし手を拭《ぬぐ》う(元々めっちゃ綺麗《きれい》だろうに)と、ガチガチになりながらその手を、両手で握《にぎ》った。

「ひゃ、ひゃい。す、すぎ、杉崎林檎と申しますっ！　えと、はうどぅゆーどぅ？」

「お、おう、よろしく。あと日本語で大丈夫なんだけど……」

「そ、そそそ、そうですよね！　分かりました。えと、なますて！」

「うん、なんでインドの挨拶《あいさつ》になったかは分からねーけど。とにかく、なんか必死なのは分かったよ。よろしくな。あ、あと、あたしや妹のことは下の名前で頼《たの》む」

「はい、ありがとうございますっ！　じゃあ深夏さん……」

「ん？」

林檎はゆっくりと深夏の手を離した後、スッキリした笑顔で、中指を立てて告げる。

「帰ってママのミルクでも飲んでな！」

「！　な、なんだ……って？」

「へ？　だから、深夏さん。帰ってママのミルクでも、飲んでな！」

「……ほぅ。このあたしが好戦的と知っての、その挑発《ちょうはつ》かっ！　そうなんだなっ、林檎ちゃん！」

「ふぇぇぇ⁉　ど、どうしたんですか、深夏さん！　ど、どうしてそんなに怒《おこ》ってるんですかっ⁉」

「こ、この段階でとぼけるだと⁉　くそ……あたし、ここまでコケにされたの、初めてだぜ！」

「あ、あわ、あわわわわわわ……」

林檎がガクガクと震えている。……相変わらず、生きるのがしんどそうなタイプだなぁ。

俺がボーッとその様子を見守っていると、会長が肘《ひじ》をツンツンと突《つつ》いてきた。

「ちょ、ちょっと杉崎。なんで仲裁《ちゅうさい》にはいってあげないのっ。どう見ても林檎ちゃん、悪気《わるぎ》なさそうだよ！」

「いや、この二人の会話のすれ違《ちが》いぶりは面白《おもしれ》ぇなと思いまして……。なるほど、飛鳥が何を面白がっていたのか、傍観《ぼうかん》者の立場になって、初めて理解できたぜ……」

「面白がってないで止めなさいよ！　林檎ちゃん、もう、なんかショックで心臓止まるんじゃないかってぐらい怯《おび》えてるじゃない！」

「ね。可愛いなぁ」

「ドS⁉　気の弱い義妹に対してはドSなの⁉　あんたどんだけ最低男プロフィール更新《こうしん》すれば気が済《す》むのよ！」

「仕方ないですね……」

会長に怒られてしまったので、俺は二人の間に「まあまあ」と仲裁に入る。

「深夏、怒らないでやってくれ。いつものことだから」

「いつものことなの!? いつもこんなこと言う義妹なのか!? お前の教育はどうなってんだっ！」

「いや俺の教育じゃなくて飛鳥の教育がだな……。んーと、とにかく、見て分かるように、林檎自身に悪気は無いんだよ。ほら」

そう言って、二人、林檎を見る。再び涙をぽろぽろ流しながら、頭を抱《かか》えてちっこくちっこくなった状態で、ぷるぷるしていた。俺の雑務鞄《ざつむかばん》に詰《つ》めて持ち運び出来るぐらいのサイズだが、ちょっとした衝撃《しょうげき》で壊《こわ》れそうでもある。

これには流石の深夏も、態度を緩《ゆる》めた。

「まあ……確かに。でもなぁ、悪気無くあーいうこと言う方が問題じゃねぇか？」

「いや、そうじゃなくて。悪気どころか、林檎としては、いいこと言ってるつもりなんだよ。単純に、言葉の意味を間違っているだけなんだ」

俺はそのまま、林檎に質問する。

「なあ林檎。お前、どーいうつもりで『ママのミルクでも飲んでな』なんて言ったんだ？」

「……ふぇ？ それは『栄養満点の母乳《ぼにゅう》を飲んで、いつまでも健《すこ》やかに、私と過ごして下さい』という意味に決まってるよ」

「ありえないほどの善意に満ちた言葉だった⁉」

深夏が驚愕《きょうがく》している。俺はまあもうすっかり慣れていたので、「ほらな」と肩《かた》をすくめる。

「ある魔女《まじょ》の最悪な魔法《まほう》によって、林檎は語彙《ごい》が大変残念な方向にねじ曲がってこそいるが。基本、本人にまったく悪気無いんだよ。言ったろ、色んな意味で純粋な子なんだって」

「そ、そうだったのか……。その、悪かったな、林檎ちゃん」

深夏が謝《あやま》ると、林檎はごしごしと涙を拭《ぬぐ》い、「えへ」と笑顔になった。

「誤解がとけて、嬉《うれ》しいです。ホント、深夏さんはチキン野郎《やろう》ですね♪」

「うん、意味は察せないけど、本人的にはたぶん凄《すご》い褒《ほ》めてくれてるんだろうな！　ありがとう！　けど一瞬《いっしゅん》カチンと来るこの感情は、どこにもってけばいいんだぁっ！」

深夏が頭を抱えて苦悩《くのう》している。林檎の残念語彙も今日は絶好調だ！……面白いな、この二人。

なんとなく深夏とは打ち解《と》けた気がしないでもないので、俺は、次のメンバーの紹介《しょうかい》に移る。

「んで、林檎。深夏の対面、お前からは右隣《みぎどなり》にいる女の子が、椎名真冬だ。深夏の義妹《いもうと》で、一年……つまり、お前と同学年の、会計なんだぞ」

俺の紹介を受けて、真冬ちゃんがぺこりと林檎に頭を下げる。

「真冬です。よろしくです。ゲームとBLが大好きです」

その紹介はどうだろう。しかし、林檎は気にせず、これまたぺこりと頭を下げる。

「杉崎林檎です。よろしくお願いします。兄と……あと、兄が大好きです」

いやその紹介もどうだろう、義妹よ！　しれっと何言ってんだよっ！　なんか俺、顔が熱いんですがっ！

真冬ちゃんが、じーっと林檎を見つめている。林檎は首を傾《かし》げた。

「えと、あの、りんご……じゃなかった。私の顔になにか……」

「……じー」

「う、うぅ？」

真冬ちゃんの視線が、妙《みょう》に刺々《とげとげ》しい。林檎どころか、俺や他メンバーもどうしたのかとそわそわする中……真冬ちゃんは、唐突《とうとつ》に林檎を指さし、叫《さけ》んだ！

「真冬と林檎ちゃん、若干《じゃっかん》キャラがかぶっている気がします！」

『（確かにっ！）』

生徒会役員全員が心の中で相槌《あいづち》を打つ！　それは、皆思ってたけど言わなかったことだ！　それを、まさか自分から言うとは！　しかも敵意《てきい》剝き出しで！

一方、事態《じたい》を全《まった》く理解出来てないらしい我《わ》が義妹は、またおどおどとしだした。

「あ、あの、りんご、またなにか失言でも……」

「それです！」

「ひゃうっ⁉」

「その、余裕《よゆう》なくなった時とか先輩《せんぱい》に対して出る、『りんご』っていう名前一人称《いちにんしょう》とかっ！　あと、丁寧《ていねい》な口調とか、儚《はかな》い感じとかっ！　総合的に、真冬と丸かぶりです！」

「そ、そんな……。でも、あの、こういう人、他にも結構《けっこう》いるかなって……」

「それはいいんですっ！　でも、同じシリーズの登場人物でキャラがかぶるのは、真冬、許せないのですっ！」

「うぅ……りんごは、どうすれば……」

あわわ、あわわと、林檎が周囲に助けを求めている。……可愛いなぁ。

そんな状況《じょうきょう》なので、皆もどちらかというと林檎を不憫《ふびん》に思ったのか、次々と、彼女を庇《かば》うようなコメントが寄せられる。

「おいおい、真冬。そりゃねーんじゃねぇか？　今回は林檎ちゃん、悪気無いどころか、失言さえしてねぇぞ？」

「そうだよっ、真冬ちゃん。キャラがかぶったのは残念だけど、でも、そんなに責《せ》めることじゃないと思う！」

「そうね。それに、このシリーズの主人公をキー君とするなら、彼の人生での登場順は、林檎ちゃんの方が先なんだし……」

皆からの言葉に、真冬ちゃんが、「にゃー！」と猫化《ねこか》して威嚇《いかく》してくる！

「うるさいです！　とにかく真冬は、林檎ちゃんと白黒つけなきゃ、納得《なっとく》いかないのですっ！　勝負なのです！　世の中、勝った者しか生きられないのです！」

「うぅ、そんなぁ……」

林檎がまた涙目《なみだめ》だ。今日は泣いてばかりだ、彼女。厄日《やくび》か。

当然、同情は林檎にばかり集まる。しかし真冬ちゃんはそれが余計に気に食わず、更《さら》にヒートアップするという……中々の、悪循環《あくじゅんかん》。

そんな中、会長が、ぽつりと疑問を口にする。

「真冬ちゃん。ゲームや本を嗜《たしな》めればそれで幸せみたいな子が、今日はなんでそんなに余裕ないのよ……」

その言葉に反応した深夏が、「ああ」と、なんの気なしに、応じた。

「そっか。同じような口調だけど、その他のスペック……腐《くさ》ってないこととか、女の子らしさとか、鍵との親密度とか……そういったシリーズキャラとしてのパラメーターが、総じて真冬を上回《うわまわ》っているもんな、林檎ちゃん」

「！」

『(馬鹿《ばか》っ！　深夏！　なんてことを！　それは最大のタブーだ！)』

俺、会長、知弦さんが心の中で叫ぶも、もう遅《おそ》い！　真冬ちゃんは項垂《うなだ》れ、長い髪《かみ》を垂らして下を向いた不気味な状態で、「ふふふ……」と力なく笑った。

「真冬はどうせ……どうせ、要《い》らない子なんです。やっぱり新ヒロイン出て来たら交代《こうたい》させられちゃう、そういう類《たぐい》のキャラなんです。あれです。海外ドラマで、最初から主要メンバーではあったのに、キャラが増《ふ》えてきて、話もマンネリ化してきた頃《ころ》に、視聴者《しちょう》やシリーズに刺激《しげき》を与《あた》えるためだけに退場させられてしまう、そういう役所《やくどころ》なんです！」

「あ、あの、真冬さん。りんごは、そんなつもり全然……」

「ああっ！　そういう寛容《かんよう》さが真冬に余計格の違いを感じさせるのですっ！　ヒロインは、無邪気《むじゃき》な方が偉《えら》いんですっ！」

それはなんの基準だろうか。

真冬ちゃんは席を立つと、すっかり定位置となった部屋の隅《すみ》に体育座《ずわ》りしてしまった。

「ふふ……座ればいいじゃないですか、林檎さん。真冬の席に、収《おさ》まっちゃえばいいじゃないですか。読者さんも、多分気付かないですよ。次回から真冬と林檎さんがしれっと入れ替《か》わってても」

「いやそれは流石《さすが》に気付くと思うぞ、真冬」

『あれ、あのお邪魔《じゃま》ポンコツがいないぞ。すっきりしたな』って」

「卑屈《ひくつ》っ！」

「卑屈じゃないのです。どうせ真冬になんか、誰《だれ》も見向きもしてくれないのです。所詮《しょせん》、ドラ○エ9のすれ違い通信人数が未《いま》だ0の女なのですよ」

「もっと世間と関《かか》われよっ！」

「ふぅ……でももし真冬がこの世界から消滅《しょうめつ》してしまったら、せめて、Dドライブの中だけは見ないで破壊《はかい》して下さいです……」

「どんな遺言《ゆいごん》だよ！　そしてDドライブの中、逆に興味《きょうみ》出たわ！」

「……もう、お姉ちゃんも放っておいて下さいです……。真冬のことなんか、世間のバーチャル○ーイに対するそれと同じぐらいの扱《あつか》いでお願いしますです」

「例《たと》えがわかんねえよ！……はぁ」

深夏が呆《あき》れて説得をやめてしまう。……まあ、元々、真冬ちゃんはあーなったらどうにもならないからな……。放置するか。

しかし、林檎はまた涙目で俺達と真冬ちゃんに交互《こうご》に視線をやっていた。

「あ、あの、あの、りんご、どうしたら……」

「大丈夫《だいじょうぶ》よ、林檎ちゃん。今回に関しては流石に、貴女《あなた》には何の落ち度もなかったから」

知弦さんのフォローに、しかし、林檎はまだ納得いかないようだ。

「で、でもでもりんご、あの、真冬さんを傷つけてしまったのなら、謝って、ここから去らせて頂《いただ》いた方が……」

「……はぅ……」

真冬ちゃんが端《はし》で呻《うめ》く。深夏が嘆息《たんそく》して、林檎の肩に手を置いた。

「うん、林檎ちゃんがそういう器《うつわ》の大きいところ見せると、逆にうちの妹が余計ダメージ喰《く》らうから、もう勘弁《かんべん》してやってくれ」

「は、はぁ」

「……真冬なんか……真冬なんか……それに比《くら》べて林檎さんは……あぁ……」

うん……なんも解決してないけど、もう、いいや。なんかいいや。正直面倒臭《しょうじきめんどうくさ》い。次行こ、次。

「じゃ」と仕切り直し、俺は対面の席へと手のひらを向ける。

「林檎。俺の前に座っているこの人が、三年生で書記、会長のクラスメイトでもある、紅《あか》葉《ば》知弦さん」

「こんにちは。キー君……お兄さんには、いつもお世話になっているわ」

会釈《えしゃく》する知弦さんに、林檎はシャキッと背筋《せすじ》を伸《の》ばす。

「は、はい！　お、お噂《うわさ》はかねがね！　いつも兄が、お世話になってます」

「下《しも》の方でもね」

「はい？」

「いやいやいやいや、ちょ、知弦さん、なに言ってるんですかっ！　そっち方面は残念ながらまだ世話になってないですけどっ！」

知弦さんはクスクスと笑い、俺を無視して林檎に語りかける。

「林檎ちゃん。次から『お世話になってます』という言葉を使う時は、その前に『下の方で』とつけたらいいと思うわ。そっちの方が、丁寧なの」

「そ、そうだったんですかっ！　分かりました！　りんごの、脳内メモメモ……よし、大丈夫です。次からそうします！」

「ええ」

「『ええ』じゃないですよ！　なにうちの義妹に新たな勘違《かんちが》いをインプットしてるんですかっ！」

「ごめんなさい。こういう子見ると私、つい汚《けが》したくなっちゃうの」

「もう最近言ってることほぼ犯罪者ですねっ！　うちの義妹を毒牙《どくが》にかけるのはやめて下さいっ！　林檎は……林檎は俺のもんだぁっ！」

「はぅ……」

瞬間《しゅんかん》、林檎が顔を真《ま》っ赤《か》にして俯《うつむ》いてしまった。同時に、他のメンバーから向けられる、再びの『無の視線』。俺は大きめに咳払《せきばら》いをして、話題を元に戻《もど》した。

「林檎は、知弦さんに何か訊《き》きたいことはあるか？」

「ふぇ？　訊きたいこと？　うーん……。あっ」

何か思いついたようだ。知弦さんが「なにかしら？」と笑顔を向ける。それに対し、林檎は、何の躊躇《ためら》いもなく訊《たず》ねた。

「紅葉さんは、兄が好きなんですか？」

「な――」

あまりに予想外すぎた質問だったのか、知弦さんはそのいつものクールで穏和《おんわ》で余裕《よゆう》に満ちた態度を崩《くず》し、頬《ほお》を少しだけ紅潮《こうちょう》させた。しかし流石知弦さん、真っ赤になるまではいかず、それどころか、素早《すばや》く二、三度呼吸するとすぐに落ち着いていつもの――

「というか、好きなんですよね？」

「なな――」

まさかの、林檎による追撃《ついげき》。知弦さん、再びダウン！　回復した余裕が一瞬《いっしゅん》で崩され、また頬が紅《あか》くなる。しかし林檎に他意はないようで、一人、笑顔だ。

「本をちょっと読ませて貰《もら》ったり、兄の話を聞かせて貰ったりしているんですけど。生徒会の皆《みな》さんが兄とフレンドリーなの以上に、なんか、紅葉さんはもっともっと兄のことを好きなんじゃないかなぁって、私は、思いました」

「あ、あ、あ、あぅ……」

ああ、知弦さんの顔が茹《ゆ》で蛸《だこ》みたいに！　あんなの初めて見た！　なにこの二人の相性《あいしょう》！　見た目と違《ちが》って、林檎の方が勝つだと!?　真の無邪気には、知弦さんは弱かったのかっ！

「あ、大丈夫です。嫉妬《しっと》とかじゃないです。なんというか、えーと、その、読者としての感想……みたいなものでしょうか。なんか、微笑《ほほえ》ましいなぁって思いました。私だから分かる感じなんですけど。この人、兄のことすっごく大好きなのに、発言とかわざとクールっぽくしていて、可愛《かわい》いなぁって」

「や、え、あ、そ、そんなこと、あの、わた、私は、ほら、いつも、あれ、その」

やばい。知弦さんが全く自分のペースに戻れてない。俺はその……正直めっちゃニヤニヤしちゃうぐらい嬉《うれ》しいけど、なんか、もはや可哀想《かわいそう》だ。普段《ふだん》クールキャラで通している人がここまで赤面している状況《じょうきょう》。傍《はた》から見ていて、妙《みょう》に痛々しい。他生徒会メンバーもそんな感想を抱《いだ》いているようで、さっきまで落ち込んでいた真冬ちゃん含《ふく》め、全員が、「(もうやめたげてぇ！)」という顔をしている。

しかし、空気を読めないことに定評がある林檎には、全く伝わらない。

「紅葉さん。兄はこう見えて凄《すご》く鈍感《どんかん》なとこあるんで、好きなら好きって、ちゃんと言った方がいいと思いますっ！　そういうとこ、ホントダメなんです、兄はっ！」

「え？　あの、私は、その、別にキー君なんて……」

「そういう風にツンツンしていると、兄はホントに気を遣《つか》って、踏《ふ》み込まないですよっ」

やべぇ。うちの義妹がガシガシ俺の本質をバラしていってる！　なにこれっ！　俺まで恥《は》ずかしい！　やめて！　もうやめて！　俺達の恋愛畑《れんあいばたけ》踏み荒《あ》らさないでぇ！

「う、うん。そうね。ええ、キー君のことは、好きよ。お気に入りよ。大丈夫、そんなの、いつも言ってるわ――」

「違います！　この兄の鈍感さ、優《やさ》しさという名の壁《かべ》は、もっともっと鋭《するど》い『好き』でキュピーンと突《つ》き破《やぶ》らないと、先に進めないのです！　そうじゃなきゃ、私や飛鳥おねーちゃんが、あそこまで苦労することもなかったと思いますっ！」

「あ、あの、林檎さんや。そういうガチトーク、そろそろ勘弁して貰えませんか……」

俺も真っ赤になりながら義妹を制止するも、しかし、彼女はもう何も聞いちゃいない。

……相変わらず、一度深みにはまると抜《ぬ》け出せないヤツだ……。

遂《つい》には知弦さん、追《お》い詰《つ》められすぎてもう涙目《なみだめ》だ。こ、この人の本質は実際のところ純真少女というか、乙女《おとめ》だからな……。なんかもう俺も知弦さんもお互《たが》い、ボッロボロだ。

そして、遂には理性まで働かなくなったのか、知弦さん、キッと目が据《す》わって――

「キー君！　私、本気で貴方《あなた》のことが――」

『ストォーップ！』

なんかもう大変なことになってきたところで、会長と姉妹がストップをかける。そして、全員が焦《あせ》った様子で、矢継《やつ》ぎ早《ばや》に説得してきた。

「な、な、なんなのよこの状況！　なんでこの二、三分の間に杉崎と知弦の関係性が激変してるのよっ！　なんかもう性急すぎて色々ついていけないよ！」

「そ、そうだぜ！　いや、別に告白を邪魔《じゃま》する気はねぇけど、その、これはなんか違《ちが》わねぇか!?」

「林檎さん……恐《おそ》ろしい子ですっ！　その存在自体が、人の心を引っかき回すトラップみたいです！　ま、真冬、やっぱり負けるわけにはいきませんっ！」

その大攻勢《だいこうせい》に、林檎のトークが「ふぇ？」と止まったせいか。知弦さんは、ハッと自分を取り戻し、慌《あわ》てて訂正《ていせい》に入った。

「い、今のはなんでもないわ。ふふ、林檎ちゃんに調子を合わせてみただけよ。キー君の焦る顔も見られたし。楽しかったわね、うん」

「あ。紅葉さんがまた、照《て》れ隠《かく》ししてます。可愛いですねっ！」

「林檎ちゃん、いくら欲《ほ》しいの？」

知弦さんが小切手を取り出していた！　貴女にとってどんだけ天敵《てんてき》なんですか、うちの義妹！　しかし、流石《さすが》の林檎もその対応には驚《おどろ》いたようで。

「いえ、そんなつもりじゃっ！　ごめんなさい……」

と、いつものおどおどした様子に戻り、引き下がっていた。まあ、林檎にはホントに悪気が無いわけだしな……。

知弦さんが、今まで見た中で一番の「安堵《あんど》の息」を漏《も》らしているのを視界の端《はし》に捉《とら》えつつ、俺は「それで」と助け船の意味も込めて、役員紹介《しょうかい》を強引《ごういん》に進めてしまう。

「もう紹介の必要もなさそうだけど、この、ちみっこいのが会長」

「どうも、私が、神です」

会長がふんぞり返る。林檎は、丁寧《ていねい》にぺこりと頭を下げて。

「よろしくお願いします、神様」

「あぅ!?　ツッコまれない!?　受け入れられた!?」

「凄いですねぇー。神様ですか……。会長さんと、神様の、兼任《けんにん》なんですか？　大変そうですね……」

「あ、う、うん、まあ兼任というかなんというか。えーと……」

ああ、会長が追い詰められている！　実は生徒会って、全員が「無邪気属性《むじゃきぞくせい》」に極《きわ》めて弱いんじゃなかろうかっ！

林檎が、悪意など微塵《みじん》も無い様子で会長に話しかける。

「神様ともなると、色々、大変なんでしょうね……。あ、天地創造《てんちそうぞう》、お疲《つか》れ様でしたっ」

「なんか凄い規模《きぼ》の労《ねぎら》われ方した！」

天地創造を労ったのも労われたのも、彼女達ぐらいじゃなかろうか。林檎の無邪気な視線に、会長は良心の呵責《かしゃく》からか汗《あせ》をダラダラ流しながらも、口を、開く。

「うん……富士山作製は、特に疲れたよね……」

ああっ！　あの人、この路線で突っ走《ぱし》る気かっ！　謝るなら今しかなかったのにっ！

林檎の目が、更《さら》にキラキラ輝《かがや》き始めてしまった。

「そうなんですかっ！　富士山とかって、どうやって作るんですか？」

「ま、まあ。コネコネして、かな」

「コネコネですかっ！」

「うん、コネコネだよ。『でっきるかなー、でっきるかなー、はてさて、なにが、でっきるかなー♪』ってコネコネしてたら、富士山出来た」

なんか凄いライトな創世神話《そうせいしんわ》が語られている！　まさに、『腐《くさ》っても鯛《たい》』ですね！」　そして、林檎大興奮《だいこうふん》だ！

「すっごいですね！　まさに、『腐《くさ》っても鯛《たい》』ですね！」

「どういう意味!?　なんか今軽く罵倒《ばとう》された!?」

「え？　褒《ほ》めてますよ？」

そこで会長、ふと林檎の「言葉を変な風に勘違《かんちが》いしている」特質を思い出したらしく、勢《いきお》いを緩《ゆる》めた。

「……ああ、うん、なんでもないよ。とにかく、うん、富士山は苦労した。特に三合目《ごうめ》あたりが、苦労した」

テキトーに喋《しゃべ》ってるにも程《ほど》があるぞ、おい。

「すっごぉい！　会長さんは、やっぱり、凄い人でしたっ！」

「う、うん。えっへん。どんどん敬《うやま》ってくれて、いいんだよ――」

「ははー！　ありがたや、ありがたやー！」

「はぅっ、既《すで》にすっごい敬われてるっ！　斬新《ざんしん》な反応っ！」

会長が勝手に追い詰められている。うん……やっぱり常識通りではない林檎の反応に戸《と》惑《まど》っているようだ。まあ……自業自得《じごうじとく》だけど。

「ところで、神様」

「あ、あの、林檎ちゃん。出来れば神様じゃなくて、会長と呼んで欲しい……かな」

ああっ！　あの会長が、自分から呼称《こしょう》のランクを下げるなんて！

林檎が、「尊敬する神様のご命令でしたらっ！」と、微妙《びみょう》にひっかかる反応で、それを受け入れる。

「では、会長さんっ。私、お願い事あるんですけど、聞いてもらっていいですか？」

「ね、願い事？　えーと、それは……」

「あ、今すぐ叶《かな》えてほしい、みたいな図々《ずうずう》しいことじゃなくてですねっ。あ、あの、神社で合格祈願《きがん》とかするじゃないですか。ああいう感じです。でも折角願掛《せっかくがんか》けするなら、本物の神様にちゃんと聞いて貰えたら、嬉しいなって」

林檎の可愛いお願いに、その場で叶える必要が無いと知って再び調子に乗った会長が、薄《うす》い胸をぽんと叩《たた》く！

「うむ、まっかせておきなさい！　あ、世界征服《せいふく》は私が予約しているからダメだけどねっ！」

それ以外はいいのかよ。相変わらず安請《やすう》け合いのプロだな、この人。

会長の承認《しょうにん》に、林檎は早速《さっそく》、パンパンと神社でするように手を合わせて――

「……おにーちゃんと、恋人《こいびと》同士になれますように……」

『！』

「……よし。はい、心の中でしっかり願い終わりました！　ありがとうございました、会長さん！」

『（いやいやいやいやいやいやいや、めっちゃ声に出てましたけどっ⁉）』

林檎のあまりに無邪気な愛の告白に、俺は勿論《もちろん》、全員の顔が、みるみる紅《あか》くなっていく。

な、なんだこの空気！　拷問《ごうもん》かっ！　新手《あらて》の拷問かっ！

林檎の感謝《かんしゃ》に、会長は激しく動揺《どうよう》。

「う、うん、えと、あ、そ、そう、願い事、終わったんだ」

「はいっ、終わりました！　は、恥ずかしいので口には絶対出せないですが……神様に届いてくれてたら、私、とても嬉しいですっ」

「あ、う、うん。……まあ、すっごい届いては、いるんだけどね……」

「ほ、本当ですかっ⁉　ほぇぇ……やっぱり神様は、凄いんですねぇ……」

「いや、凄いのは、むしろ林檎ちゃんの方というか……」

「でも、神様に祈《いの》りが届いたということは……。わぁっ！　私のお願いっ、成就《じょうじゅ》するかもですねっ！　わくわく！」

「ああっ！　なんて純真な眼《め》！　え、えーと……」

と、そこで会長は、テキトーにあしらえばいいものを、なぜか、妙《みょう》にひっかかった言い方を始めた。

「うん、その、お願い事っていうのは、そう、まず自分で叶えるための努力をしなきゃ、ダメなんだね、うん」

なんだなんだ。神様が、本格的に神様らしいこと言い出したぞ！

「だからその、願い事が叶うかどうかっていうのは、届いただけじゃ、まだ分からな――」

「はいっ！　そうですよねっ！　大丈夫《だいじょうぶ》ですっ！　私、すっごく頑張《がんば》っていきますから！　積極的に、攻《せ》めていこうと思ってますから！」

せ、積極的に攻められるのか、俺！　やべ、また顔が熱くなってきた……。

会長が、なぜかチラッとこちらを確認した。そして「こほん」とわざとらしい咳払《せきばら》い。

「や、やっぱり、うん、努力はしなくていいかも、林檎ちゃん」

「ええ⁉」

「そ、そうね。ええと……果報《かほう》は寝《ね》て待てって言うしね。何もしないで待ってこそ、神を信じる心……信仰《しんこう》心に繋《つな》がるとも言えるね、うん！」

なんだこの神様！　発言に一切《いっさい》筋《すじ》が通ってない！　誰《だれ》が崇《あが》めるんだ、この神様！

「え、あ、そ、そうなんですか？　ええと……じゃあ、私、信じて待ちます！　神様を……会長さんを、信じて、信じて、信じまくります！　ははぁー！　導《みちび》きたまへー」

崇めている人いた！　しかし、あまりに純粋《じゅんすい》な信者の登場に、会長はまた良心の呵責を感じたのか、視線を逸《そ》らしてテキトーなことを言い出す。

「うん、まあ、あんまり信じすぎるのも、考え物だよね……」

「ええ⁉」

「か、神様にも、出来ることと出来ないことがあるからね。万能《ばんのう》で当然、願い事叶えてなんぼ、と思われてると、その、こっちもやる気なくなるっていうかぁ」

なんて器《うつわ》の小さい神様だ！

度重《たびかさ》なる神様の路線変更《へんこう》に、おろおろと戸惑った林檎が会長に訊《たず》ねる。

「で、では会長さん！　会長さんは、その、なにが出来る神様なのでしょうか！　やっぱり恋愛《れんあい》成就とかは、専門外なのでしょうかっ！」

「うん、それは、他の部署《ぶしょ》だね」

「部署⁉　神様に、部署とかあるんですかっ！」

「『人間関係部恋愛課第二班《はん》、縁結《えんむす》び係《がかり》』あたりの仕事だねっ！」

「神様って組織《そしき》だったんですか⁉」

「えと、まあ、ぶっちゃけ神様（株）だよね」

「かっこ株⁉　株式会社だったんですかっ⁉」

「ま、まあね。そんなわけで、誰の願いでもほいほい叶えるのは、無理だよね。うちも、慢性的《まんせい》な人手不足だからねぇ。こっちも、慈善《じぜん》事業じゃないんだし」

「神様、慈善事業じゃなかったんですかっ！」

「お賽銭《さいせん》とか信仰心《しんこうしん》とか貰《もら》わないと、しょーじき、やってられないよね」

「ほ、ほぇ〜。意外とビジネスライクな関係だったんですね、人間と神様。じゃ、じゃあ、私が一杯《いっぱい》一杯信じて祈ってたら、願い事叶えてくれるんですか？」

「え？　んーと……そ、それは分からないかな。私、ほら、他の部署だから。うち、部署間の連携《れんけい》全《まった》くとれてないことで有名だから」

「なんか案外ダメな会社なんですねっ、神様（株）！　じゃあ、会長さんの部署は……」

「『動物部観察《かんさつ》課第三班、愛《め》でる係』かな」

　動物見守るだけだぁああ！　生徒会のメンバー全員が心の中でツッコんだものの、少しズレた林檎は、また目をキラキラ輝かせている。

「それは、とてもいいお仕事ですね！　ふぁっきん！」

「うん、なんで急に罵《ののし》られたのかは分からないけど。まあ、名誉《めいよ》ある仕事だよね」

「わ、私も、将来の夢の第二希望、それにしていいですかっ！」

「うん、いいよ。慢性的な人手不足だからねっ！」

やめろ！　うちの義妹《いもうと》を、変な組織に入れるな！　人手不足なら、まずその部署を廃止《はいし》することから始めろ！

「ん？　でも第二希望？　林檎ちゃん、第一希望は、なんなの？」

「へ？　そんなの、『おにーちゃんのお嫁《よめ》さん』に決まってるじゃないですかぁ」

『！』

再び生徒会に走る衝撃《しょうげき》！　ああっ！　また顔が熱い！　俺どころか、皆真《みんなま》っ赤《か》！　なんでこの義妹はこう、サラッと無意識に大胆《だいたん》告白をするかっ！

なぜか会長が、汗をダラダラかいている。

「よ、よし、林檎ちゃん！　キミは、神様に採用決定！」

「ええ!?　急にですか!?　や、やりました！　嬉《うれ》しいです！　びっち！　びっち！」

「うん、喜び方がおかしいけど、歓迎《かんげい》するよ」

「はいっ！………？　でもどうして急に……」

「えと、うち、その、既婚《きこん》者はとらないとこだから、第一希望の方はとりあえず保留《ほりゅう》して貰うというカタチで……」

「今までお世話になりました」

「一瞬《いっしゅん》で退職した!?　うぅ……そんなぁ」

　会長がなぜか唸《うな》っている。うん、いつも意味不明な会長だけど、最後のやりとりは本格的に意味不明だったな。なんで林檎就職《しゅうしょく》させたかったんだ？　よぅ分からん……。

「お前、大事なとこで鈍感《どんかん》だよな……」

なんか深夏まで意味不明発言してきた。ど、鈍感？　俺が？　そんな馬鹿《ばか》な。自分からフラグ折るような主人公と一緒《いっしょ》にしてほしくなんか、ないね！　俺は、自分に向けられる好意を一切見逃《みのが》さない！　そういう男だ！

「す、杉崎ぃ。杉崎からも林檎ちゃんに言ってよ。その、兄妹《きょうだい》で結婚《けっこん》とかは――」

「はい！　林檎、安心していいぞ！　将来俺が日本の法改正して、兄妹結婚や重婚《じゅうこん》を認めさせる予定だから！　こうご期待！」

「うん！　ありがとう、おにーちゃん！」

「…………」

　ん？　なんか会長がツーンとあっちを向いてしまった。なんだ。どうしたどうした。

「キー君……なんて残念な子」

　知弦さんがなぜか俺に憐《あわ》れみの視線を向けていた。なんだなんだ。どうしたどうした。ほら皆、敏感《びんかん》な俺にもっと好き好きアピールしてくれて、いいんだぜ？　俺は女の子の気持ちを全部くみ取ってやれる、そういう精神的イケメンさんだぜ？　そこらのヘタレ駄目《だめ》主人公と一緒にしてもらっちゃ、困《こま》るんだぜ――

「先輩《せんぱい》……うざいです」

「敏感な俺に痛恨《つうこん》の一撃《いちげき》！　なんで⁉　どうして⁉　どうしてこうなった⁉」

なぜか真冬ちゃんまでツーンとしている。気付けば生徒会中から不穏《ふおん》な空気。な、なんなんだ！　鈍感じゃない俺に、女の子の気持ちが分からないだと⁉

「ミステリーだぜ……」

「本当だね……」

生徒会の皆の急な態度硬化《こうか》に、俺と林檎はただ呆然《ぼうぜん》とする。皆はなぜか俺と林檎を見ては、何度も何度も、溜息《ためいき》をつくばかりだった。

＊

「それじゃあ、今日のところはこれで失礼したいと思います。皆《みな》さん、ありがとうございました」

林檎が丁寧《ていねい》にお辞儀《じぎ》をする。色々あったが、皆もそれに笑顔で返した。

「林檎ちゃん、また生徒会に遊びに来てね」

「うちのクラスメイトとかも紹介《しょうかい》したいし、また来いよ」

「真冬、次に会う時は負けません！　キャラを磨《みが》いておきます！」

「キー君にいじめられたら、すぐに言うのよ。私が百倍お兄さんをいじめてあげるから」

皆の言葉に、林檎もまた笑顔で「ありがとうございます！」と応じる。……うん。なんだかんだとあったけど、人見知りの林檎が短時間でこれだけ笑顔を見せられるなんて、やっぱり、うちの生徒会は凄《すご》いな。

感心しつつ、俺もまた立ち上がる。

「じゃあ、校門まで林檎送ってきますんで、ちょっと席外《はず》しますね」

「え？　いいよ、杉崎。今日は林檎ちゃんと一緒に帰ってあげなよ。だってこっちにいるの今日までなんでしょ？」

会長の質問に、林檎が恐縮《きょうしゅく》して答える。

「いえ、いいんです。私ここからバスで駅まで行きまして、そこで両親の車と合流したら、そのまま帰宅なんで。校門までで、充分《じゅうぶん》です」

「そう？　杉崎も、それでいいの？」

「ええ。その、大事な話は昨日《きのう》済ませましたしね。じゃ、行ってきます」

『いってらっしゃーい』

メンバー達の見送りを受けて、俺と林檎は生徒会室を出る。去り際《ぎわ》、林檎は何度も、皆が苦笑するぐらいぺこぺこと頭を下げていた。……こういうとこ、ホント変わらない子だ。

窓から差し込んだ夕陽で赤く染まる廊下《ろうか》に出る。生徒はあまり残っておらず、俺と林檎は二人、並んで玄関《げんかん》までの道を歩き出した。

「生徒会、どうだった？」

彼女の楽しそうな顔を見ていれば答えは分かっているものの、それでも気になって、訊ねてみる。林檎は、笑顔を返してくれた。

「凄く楽しかったよ、おにーちゃん。連れてきてくれて、ありがとう」

「そっか。そう言ってくれると、俺もホッとするわ」

「おにーちゃんが大好きな人達だって言うの、よく分かったよ。ホント皆さん、素敵《すてき》な人達だったなぁ。美人さんなだけじゃなくて、凄く、楽しくて優《やさ》しい人達だね」

「ふふん、当然だ。俺の自慢《じまん》のハーレムだからな！」

「うん！……でも、おにーちゃんに聞いてたよりは、あんまりラブラブな様子ではなかったような……。言うほどハーレムという感じでもなかったような――」

「林檎！」

「ひゃい！」

「今日はお前に気を遣《つか》って、あえて、イチャつかなかっただけなんだ。お前、普段《ふだん》は凄いんだぞ、俺のハーレム。もう、なんというか……十八禁だ」

「え？　でも、本にもそんな様子は全然……」

「そりゃお前、富士見ファンタジア文庫は健全な読者のための文庫だからな。エロゲがコンシューマー化する時みたいな、シーンカットが入っているんだ」

「そ、そうなんだ。おにーちゃん、えっちぃこと沢山《たくさん》してるんだ……。なんかりんご、ちょっとショックだよ……」

やばい、さっきまで楽しそうだった林檎が落ち込んでしまった。これはフォローせねばっ！

「大丈夫《だいじょうぶ》だ、林檎！　俺はまだ、夢見る童貞《どうてい》だぞ！」

「どーてー？　どーてーって、なんだっけ？　飛鳥お姉ちゃんから聞いた覚《おぼ》えがあるんだけど……。あ、男性に対する最大級の褒《ほ》め言葉《ことば》だったかな？」

「いや、童貞って言うのはだな――」

と、そこまで説明しかけたところで。廊下の対面から丁度《ちょうど》歩いてきていたらしい真儀瑠先生が、すれ違《ちが》いざま、完全に軽蔑《けいべつ》した様子でボソッと呟《つぶや》く。

「……義理の妹に、学校で、白昼《はくちゅう》堂々、童貞の説明、か。…………退学申請《しんせい》できるかな」

「……………………」

ダラダラダラダラダラダラダラ。尋常《じんじょう》じゃない汗《あせ》が噴《ふ》き出てくる。林檎が「どうしたの？」と俺を心配してくれている。にこぉと気持ち悪い笑顔しか返せない。

そのままツカツカと去っていく先生。彼女は、こちらに背を向けたまま、かろうじて聞こえる距離《きょり》で、最後に、もう一つだけ呟きを漏《も》らした。

「……肉」

「あー！　なんか今晩急に誰《だれ》かに焼き肉奢《おご》りたい気分だなぁ！　なんだろ、これ！　特に、年上の、教育者的立場の人に、凄く奢りたいや！　生徒会室戻《もど》ったら、誰か、そんな人が待機してくれていたら嬉しいなぁ！　そんな奇跡《きせき》、起こらないかなぁ！」

「？　お、おにーちゃん？」

俺の全力の叫《さけ》びが聞こえたのか、真儀瑠先生は片手をあげると、生徒会室の方へと去っていった。……ホント、あの人に出会うとロクなことがないな……。

「えと、あの、おにーちゃん？　ど、どうしたの？」

事情を全く《まった》飲み込めてない林檎が、イヤな脂汗《あぶらあせ》をかいた兄を本気で心配している。俺は、汗を拭《ぬぐ》いながら、もう一度、笑った。

「大丈夫。今、魔王《まおう》とすれ違っただけだから」

「魔王と⁉　ぜ、全然大丈夫じゃなさそうだよぅ！　こ、怖《こわ》いよぅ！」

「大丈夫、大丈夫。基本、無関係の他人に危害は加えないから」

「そ、そうなんだ。よかった……」

「まあ、関係ある人間を悉《ことごと》く不幸にはするけどな！」

「全然良くない！　お、おにーちゃん、関係あるの⁉　その魔王と、関係あるの⁉」

「今晩焼き肉を奢ることになりました」

「すっごい仲良しさんだね！　ど、ど、ど、どうしよう。りんご、どうしよう……」

「いや、林檎が心配する必要はな——くもないか。あの人、なぜか林檎を見てすぐ義理の妹だって分かってたみたいだし……こういうタイプは、すぐロックオンしそうだし……」

「ロックオンされたの⁉　りんご、狙《ねら》い撃《う》たれるの⁉　ふぇぇ」

「だ、大丈夫大丈夫。基本可愛《かわい》い女の子相手なら、一生弄《もてあそ》ぶだけだと思うから」

「一生弄ばれるんだっ！　それでも大丈夫な方なんだっ！」

「大丈夫だ、林檎。お兄ちゃんは、守護霊《しゅごれい》としていつも林檎を見守っているからな」

「あ、基本既《すで》に死んでるんだねっ！　生身《なまみ》じゃないんだね！　あぅ……怖いよぅ、魔王」

やべ、林檎が本気で怯《おび》え始めてしまっている！　怖がらせるつもりはなかったんだが。

これはもう言葉を並べても仕方あるまい。俺は彼女を安心させるべく、いつものように頭をぐいっと胸にひきよせ、髪《かみ》をゆっくりと撫《な》でる。

「ふにゅぅ、おにーちゃぁん……。ぐす」

「泣くな泣くな林檎。ごめんごめん、お兄ちゃん、死んだりしないからな。な？」

「ぐす……。……うん……」

林檎がまだ俺の胸に顔をうずめている。まったく、仕方ないなぁ。こいつはホント、いつまでたっても甘えんぼで。まあ、俺も甘やかすけど。

なでなでなでなで——

《パシャパシャ！》

唐突《とうとつ》な閃光《せんこう》！　目が眩《くら》み、何が起こったのか全く分からな——

「スクープですわ！『杉崎鍵、義理の妹と学園で淫行《いんこう》！』！　いけますわ！　これは、新聞部史上、最大の発行部数いくかもですわぁ————！」

「どこ行ってもなにしてても災厄《さいやく》に出会う学園だなぁ、おい！」

しかもあの金髪《きんぱつ》、真儀瑠先生の時のように交渉《こうしょう》する暇《ひま》もなく、小躍《こおど》りしながら去って行きやがった。……あとでエリスちゃんでも誘拐《ゆうかい》して人質《ひとじち》にとるか。そうしよう。

「綺麗《きれい》な女の人が沢山いるのに、なぜか残念に思う、不思議な学園だね……」

「うん、林檎にもぴったりだと思う」

「やったぁ！　わーい！……うん？　喜んで良かった？」

林檎が首を傾《かし》げているが、俺は「いくぞ」と促《うなが》して、再び歩き出した。

夕陽の廊下。遠くから聞こえてくる運動系《けい》部活の掛《か》け声と、ブラスバンドの練習音。

林檎はしばし黙《だま》って学園を観察した後、二年前には見られなかった、少し大人《おとな》びた優しい笑顔を浮《う》かべた。

「本当に……素敵な学園だね」

「……ああ。俺のおかげ——と言いたいところだけど、実際、皆《みんな》のおかげでな」

「そうだね。でも、おにーちゃんや生徒会さんのおかげだとも思うよ。ここの元々の空気が良いから、皆が、いい方向に向かってるんだと思う」

「そっかな」

「そうだよ。さっきの……新聞部さん？　だって、ああいう行動、一歩間違《まちが》ったら色んな人を傷つけてしまったり、傷つけられてしまったりすると思う」

「ああ……まあ、実際俺は普段からめっちゃ傷つけられてるけどな」

「ふふっ、そういう風に、気軽に言えちゃうことで済《す》んでるのが、凄いなぁって思うんだよ。多分それは、生徒会さんが、そういう『なんでもあり』な空気を作ってくれている、おかげなんじゃないかな」

「……林檎は、色々見てるんだな」

まあ、昔から俺や飛鳥なんかより、本当はよっぽど大人な子だったけど。

林檎は、また大人びた笑みを浮かべた。

「ううん。これは……そういうことじゃなくて。りんごが……二年前から考えていたことでも、あったから」

「二年前から？」

「うん……二年前から」

林檎はそれ以上、何も言わなかった。……言わなくても、俺も、分かった。

二年前。あの頃《ころ》の俺達には、確かに、こういう余裕《よゆう》が無かった。なんでもかんでも正面から受け止め、正面からぶつかり、正面から傷ついていた。それはそれで、とても価値《かち》のあることだったけど……でも結果、一人の少女の心が、壊《こわ》れた。

ぶつかることは間違いじゃなかった。でも、大切なものが壊れるまでぶつかってしまったのは、俺達の、罪《つみ》だ。

だから俺は、もっと余裕を持とうと思った。人を包み込める優しさを。愚直《ぐちょく》に正面衝《しょう》突《とつ》だけを繰《く》り返さない、賢明《けんめい》さを。ぶつかっても相手を壊さない、そんな……柔《やわ》らかさを。だから、生徒会で努力した結果、この学園にそんな温《あたた》かい空気が出来ているなら……それは、とても嬉《うれ》しいことだった。

林檎は……俺のことを少しだけ再評価してくれたのだろうか。そうだったら、本当に嬉しい。

玄関付近に差し掛かり、林檎は本題を切り出す。

「りんごはね、おにーちゃん。今でもおにーちゃんが女の子と楽しそうにしていると、やっぱり、嫉妬《しっと》しちゃうよ。いやだぁって、思っちゃう。りんごのおにーちゃんだもんって。りんごだけに、優しくしてほしいって。そう、思っちゃうんだ」

「……そっか……」

俯《うつむ》く。その気持ちに対するちゃんとした答えを、俺はまだ――

「でもね」

唐突に、林檎が俺を覗《のぞ》き込んできた。くりくりした瞳《ひとみ》で、俺を、見つめてくれている。

そしてその顔は――笑顔だった。無理のない、笑顔だった。

「今日はとっても楽しかったよ、おにーちゃん！」

「…………」

「……おにーちゃん？　ど、どうしたの？」

「……え？」

「だって、あの、涙《なみだ》……」

「え？」

気付くと、頬《ほお》を水滴《すいてき》が伝っていた。感極《きわ》まったとか、そんなものを通り越《こ》して。感情よりも先に、最初に涙が、流れてしまった。

「お、おにーちゃん？」

「な、なんでもない」

慌《あわ》ててごしごしと袖《そで》で目元を拭う。義妹に、みっともないところを見せたくない。

自分でも一瞬《いっしゅん》なにがなんだか分からなかったけど。すぐに、心が、追いついてきた。

悲願だったんだ。これは、そう、俺の、悲願だったんだ。なによりも手に入れたかったもの、だったんだ。林檎が笑ってくれて。大切な人達も、一緒《いっしょ》に笑ってくれて。

ハーレムとか、えっちなこととか、イチャイチャとか、そんなことじゃあ、ない。

義妹が、大切な人が、皆、笑ってる。

それだけで、俺は、良かったんだ。

それだけが、俺は、欲《ほ》しかったんだ。

たったそれだけのことが、俺は、ずっとずっと――

「…………っ」

駄目《だめ》だ、涙が止まらない。腕《うで》を、どけられない。林檎が戸惑《とまど》ってしまっているのが分かる。駄目だ。なにが包容《ほうよう》力だ。なにが成長だ。俺は、まだまだ、全然、駄目じゃないか。

俺が腕で目を塞《ふさ》ぐ姿に、林檎が気を遣《つか》ったのか、話を続けてくれる。

「あのね、おにーちゃん。りんご自身も、強くなろうって、変わろうって、思ってたのはあるけれど。でも……おにーちゃんや、生徒会の人達の空気が、りんごはなにより、嬉しかったんだ。楽しかったんだ。昔のりんご達と似《に》てるけど……でも、ちょっと、違《ちが》う」

「……うん」

「りんごと飛鳥おねーちゃんは、凄《すご》く仲良しだったし、今でも仲良しだと思っているけど……。でもどこかで、やっぱり、敵、みたいな関係だった。あ、勿論《もちろん》全然悪意とかはないんだよ！……でも清々《すがすが》しいライバルっていうのでもなくて……その、たった一つの大切なモノを巡《めぐ》って争っている、そういう、状況《じょうきょう》だったように思うんだ」

「……うん」

それは、俺の罪でもあると思った。二人に「それ」が「たった一つしかない」と思わせてしまった、俺の罪。

「でも……生徒会の人達は、なんか、違うんだね。とても不思議だけど。嫉妬もするし、感情的にもなるけど……うん、なんか、全部温かかった。恋《こい》は、苦しくて切《せつ》ないものっていうだけじゃ……ないんだって。楽しくて、幸せなことでもあるんだって言ってくれてるみたいで。それにりんごは……すごくすごく、憧《あこが》れたんだ。なんて素敵な関係、素敵な場所だろうって」

「はは……当然だ。俺の……ハーレムだからな」

目を隠《かく》したまま、答える。林檎は「うん」と笑った。

「これが、おにーちゃんの、答えなんだね……」

「……ああ」

そこで、俺はようやく腕をどかし、林檎を見た。涙の痕《あと》を見られるのは恥《は》ずかしかったが……今はちゃんと、向き合うべき時だと思ったから。

林檎は……真剣《しんけん》な眼差《まなざ》しで俺を見つめる。

「ごめんね、おにーちゃん。さっき言ったように、りんごはまだ……生徒会の皆《みな》さんみたいには、なれないよ。ちょっとしたことで、すぐスネちゃう。おにーちゃんが他の子と楽しそうだと、ちくちくする」

「うん……」

「だから、おにーちゃんの答えが正解かどうかなんて、やっぱり分からない。飛鳥おねーちゃんがなんて言うのかも分からないし」

「うん」

「でもね……」

そう言ったまま林檎は、小走りで先に行く。素早《すばや》く靴《くつ》を履《は》き替《か》え、玄関《げんかん》に立つ。そうして、まだ廊下《ろうか》に上履《うわば》きで立っている俺に向かい……。

「また、ここに遊びに来たいなっ」

そんな風に言ってくれる林檎に。

俺は、涙を流さないよう堪《こら》えながら……「今の自分」で、胸《むね》を張って、笑ってやった。

「俺のハーレムは、いつだって、美少女大歓迎《だいかんげい》だぜ！」

＊

「ただいまー」

林檎の見送りが終わり、生徒会室に戻《もど》ってくる。出て行った時と違い、さっきまで林檎が座《すわ》っていた席には真儀瑠先生がいた。俺はそれを避《よ》けつつ、自分の席へと戻——

『おーかーえーりー』

「うぉっ!?」

唐突《とうとつ》に、真儀瑠先生を除《のぞ》くメンバー全員から気味の悪い出迎《でむか》えの言葉を受ける。俺は席につきながらも、意味が分からず周囲を見渡《みわた》す。……全員、笑顔の奥に怒《いか》りを隠したような表情をしていた。……な、なんだこれ。

「ええと……。……あ、あれかな、皆《みんな》。林檎に対しての、こう、嫉妬かなー、なんて」

「まあ、嫉妬と言えば嫉妬だね」

会長が妙《みょう》に素直《すなお》に答える。そして、真冬ちゃんと知弦さんまでそれに続いた。

「真冬、今、怒《おこ》ってますよ。ぷんぷんです」

「キー君……残念よ。あの人だけ特別扱《とくべつあつか》いなんて……」

「ええ?……でも、そうか。皆やっぱり、なんだかんだ言って嫉妬してくれて――」

俺がニヤけていると。耐《た》えきれなくなったのか、急に深夏が、叫《さけ》んだ。

「先生にだけ焼き肉奢《おご》るって、どーいうことだよ!」

「そっち⁉」

「杉崎、酷《ひど》いよ! 私が彼のこと好きだって、知ってるくせに!」

「焼き肉を『彼』と呼んで無理にラブコメっぽくするのやめて下さい! っていうかなんでバラしたんですかっ、真儀瑠先生!」

俺がキッと睨《にら》み付けると、先生は「さあ……」と不思議そうな顔をしていた。

「私はバラした覚えなどないぞ」

「でも実際バレてるじゃないですかっ!」

その疑問に、真冬ちゃんが答える。

「真冬達が先輩《せんぱい》を待ってたら、先生が上機嫌《じょうきげん》で、『今日は、変態《へんたい》が奢る、やっきにく〜♪』って鼻唄《はなうた》口ずさみながら入ってきたんです！」

「脳内だだ漏《も》れかっ！　っつうか、『変態』＝『俺』と即座《そくざ》に特定されてることが地味にショックなんだけどっ！　そもそも教師が生徒を変態などと——」

「？　だってお前、学校で義妹に童貞《どうてい》——」

「わー！　ちょ、なに言いかけてるんですかっ！　それバラしたら、焼き肉なしですよ！」

「む。そうか。しまった。お前の名誉《めいよ》などどうでもいいから、全《まった》く意識してなかった。すまなかったな。崇《あが》めろ」

「さらっと『許せ』以上を求めてきた！」

「ちょっと杉崎、それ、どういうことなの？　林檎ちゃんと……なに？」

「あ」

気付けば、生徒会中から疑惑《ぎわく》の視線が集まっていた。……くそ！　俺は真儀瑠先生を更《さら》に睨み付ける。

「ほら、アンタのせいでバレかけて——」

「違う違う。間違えた。ほら、あれだ。学校で義妹に童貞……を、捧《ささ》げてたな、と言いかけたんだ」

『！』

「最悪の誤魔化《ごまか》し方したぁ――――――――――――――――！」

先生が親指をグッと立て、アイコンタクト。

「(童貞の説明をしていた、ということは誤魔化したぞ。ナイス私！)」

「いやいやいやいや、余計状況悪くしてますから！　それなら真実バラされた方がまだマシでしたから！」

「さてさて、今日は、やっきにくー♪」

「まだ奢って貰《もら》うつもりなの!?　取引材料もうないよ!?」

「すーぎーさーきー？」

気付けば、会長を始めとしてメンバー達が、もの凄い視線で俺を見ていた。

「ああっ！　ちょ、ちょ、待って下さい！　まずは弁明の機会を――」

「よし、分かったわ、キー君。話は焼き肉屋で聞いてあげる。深夏、連行して」

「はっ！」

「わ、ちょ、お前、いで、いでででで、ちょ、そっちに関節は曲がらないから！　拘束《こうそく》の仕方が乱暴すぎる————！」

「先輩の財布《さいふ》……もといカバンは、真冬が確保しました！　行きましょう、皆さん！」

『焼き肉だー！』

「五人⁉　俺五人に焼き肉奢るの⁉　なんで⁉　どうして⁉」

「ほら、キリキリ歩け、ハーレム王」

「こんな時だけハーレム王として認められるんだ、俺！　しかしこの扱《あつか》いは絶対違うと思う！」

　叫んでいると、先生がニヤニヤしながらこっちを見ていた。

「ハーレム王（笑）」

「（笑）つけるなっ！」

　俺の抵抗虚《ていこうむな》しく、俺は生徒会メンバー達に焼き肉屋へとひきずられていく。俺の頭の中にあるのは、最早《もはや》、今月の生活費に関する計算ばかりだが、これはどうしたことだろう。どうあがいても、トータルが、マイナスになるんだが。

　………………。

　林檎よ。お兄ちゃんは三つほど、お前に謝《あやま》らなきゃいけないことが出来た。

まず一つ。

「やー、杉崎の奢りって、どうしてこんなに楽しいんだろう」

「それはね、アカちゃん。罪悪感《ざいあく》も遠慮《えんりょ》も一切《いっさい》感じなくていいからだと思うわ」

「そっかぁ！　なるほど！　これは今後もアリだね！」

……生徒会は、お前が感じているほど、温《あたた》かい絆《きずな》を持つ集団ではなかったということ。

更に二つ目は。

「あたしに隠れて他の女と焼き肉なんて……あたし、嫉妬《しっと》しまくっちまうぜ」

「まったくです。真冬も、こんなにモヤモヤしてます。これはヤキモチですね、うん」

嫉妬も含《ふく》めて楽しそうとか言ってたけど、まあ、そりゃそうだろうな。嫉妬の対象が全員おかしいからな！　基本、真面目《まじめ》に恋愛《れんあい》なんかしてやがらないからな！

そして、最後は。

「私だけじゃなく、全員に変態の奢り、か。ふむ。……そうだ。こうなってしまった以上、人数は多い方が楽しいな。よし、藤堂《とうどう》とか2―Bにも声をかけておくか。あ、そうだ。私の知り合いの霊《れい》能力者連中とかも呼んでおくか、面白《おもしろ》いし」

「うぉおい！」

「ハーレムハーレム（笑）」

「だからこんな時だけハーレムの主《あるじ》扱いすんなっ！」

……いつだって、美少女大歓迎と言ったけど。

ごめん。やっぱり、しばらくハーレム入りは待って貰っていいでしょうか。

「ピッピ……と。おお、巫女娘《みこむすめ》か？　今こっちにいるんだろ？　じゃあ、ちょっと焼き肉食べにこないか？……いや、それが、奢りなんだよ、あるヤツの。大丈夫大丈夫、美少女ならテキトーに『好き』って言っておけば、フツーに奢るハーレム王（笑）だから」

「…………」

俺のハーレム人数が、いつの間にか、大幅《おおはば》にキャパを超《こ》えつつあるんで。

そして。

『ハーレム万歳《ばんざい》（笑）』

「…………」

俺、なんか今、若干《じゃっかん》女性不信になりつつあるんで。

……ハーレム思想、やっぱり撤回《てっかい》しようかな……。

【エピローグ～偽装《ぎそう》夫婦の宿泊《しゅくはく》～】

「んー、美味《おい》しかったね、ケン」

浴衣《ゆかた》姿の飛鳥《あすか》がぷくっと膨《ふく》らんだお腹をぽんぽんと叩《たた》いて満足そうに微笑《ほほえ》む。俺《おれ》は片付け終わった座卓《ざたく》を眺《なが》めながら「まあな……」と返した。実際、確かに海の幸《さち》をふんだんに使った料理は美味《うま》かった。それは認める。認めるんだが……。

俺の険《けわ》しい表情に、飛鳥が首を傾《かし》げた。

「どうしたの、ケン。寿命《じゅみょう》？」

「なんでその発想⁉　俺が渋《しぶ》い顔してる理由、他に思い当たりませんかねぇ！」

「うーん……。四年半ほどシンキングタイム貰《もら》っていい？」

「圧倒的《あっとうてき》に時間切れだわ！　っつうか、ほら、分かるだろ⁉」

「……ぽっ」

「なんか違《ちが》うこと分かったよな、今！」

「そういうまわりくどいとこ、ケンの悪いとこだよ」

「そういう『わざと察しない』とこが、お前の悪いとこだ！」

「むむむ……」

「ぐぐぐ……」

　バチバチと視線を戦わせる。しばし睨《にら》み合ったものの、しかし、このままではむしろ飛鳥の思うつぼだと考え直し、俺の方から視線を逸《そ》らす。そして……一つため息をついて、改めて、話題を切り出した。

「いい加減《かげん》、本題話せよ……。お前さっき『食事終わったらね♪』って、☆が弾《はじ》けるウィンクしながら言ったじゃねえかよ」

「…………」

　神妙《しんみょう》に俯《うつむ》く飛鳥。……ふぅ。終始《しゅうし》ふざけてばかりのこいつもようやく、今が、いかにシリアスな場面か悟《さと》ったようだ――

「すいませーん！　仲居《なかい》さーん！　温泉行ってくるんで、お布団《ふとん》敷《し》いておいて貰っていいですかぁー！」

「俺の話完全スルーですかっ！」

「大丈夫《だいじょうぶ》、聞いてた聞いてた。えーと、あれだよね。『温泉に来たら、たくさん温泉に入らなきゃね！』って話だよね」

「そんな浅い会話してねぇよ！　いいから、本題——」

「そういえば、ここ混浴《こんよく》だよ、ケン」

「さて、温泉に行こうか、飛鳥」

俺はちゃっちゃと身支度《みじたく》を調《ととの》え、精悍《せいかん》な顔つきで飛鳥を促《うなが》した。彼女は、心底可笑《おか》しそうに声をあげて笑う。

「そういうとこに関しては、アンタ、ホント変わったね」

「俺は本能に忠実に生きると、決めただけさ。ふっ……」

「え、アンタ今のセリフで、なんでカッコつけた？」

「ほら、飛鳥早く行くぞ！　早くしないと、女の子の裸《はだか》が逃《に》げるぞ！」

「逃げてる裸の女の子を追ったら、それはもう、犯罪《はんざい》と呼んでいいと思うけど」

「よし、二人で沢山《たくさん》の女の子を鑑賞《かんしょう》しようじゃないか！」

「なんで私、アンタの共犯側なのよ。……まあいいわ。行こっか、じゃあ」

「おう！」

飛鳥が立ち上がり、俺達は二人でそれぞれタオルを持ち部屋を出た。二人、並んでぽてぽて廊下《ろうか》を歩く。

『…………』

無言。生徒会メンバーや林檎《りんご》相手だと俺の方から、無理にでも話題を探《さが》すところだが。飛鳥だと……なんかそんな気ぃ遣《つか》うのも腹立つし、多分飛鳥の方もそんな考え方なので、俺達二人でいると、喋《しゃべ》る必要無い時は本当に喋らない。さっき部屋に居《い》た時も、夕飯まで、特にこれといった会話もなく過ごしたぐらいだ。

別に仲が悪いわけでもないんだが……キッカケさえあれば、喋るし。

「ケン。小銭《こぜに》持って来た？」

「あ、忘れた。……ん」

俺は飛鳥に手を差し出す。すると、彼女はそこにぽんと硬貨《こうか》を載《の》せた。

「はい、二百円」

「レートは？」

「1・5」

「ボるなぁ」

「こういう機会にボるのが、飛鳥さんなのだよ。……あ、今の、ちょっと言い方変えて、今日の飛鳥さんレクチャーにすればよかったね」

「どーでもいいよ」

「…………」

また無言。お互《たが》い旅館の中をボーッと観察しながら、歩く。すると、旅館には少々似《に》つかわしくない軽快な電子音が耳に入ってきた。

「……あ、ゲームコーナーだよ、ケン」

「おう、ホントだな」

「エアホッケー、昔の対戦格闘《かくとう》、バイクレース……ざっと見て、三戦ね。貸《か》し、三百円プラスかな、こりゃあ」

「誰《だれ》もまだお前と風呂上《ふろあ》がりに勝負するなんて、言ってませんが」

「はい、プラス三百円」

「まあ、貰《もら》っておいてやろう」

「これでリターンは七百五十円か。ひっひっひ」

「ボるなぁ」

「ケン、見て。酸素よ」

「話の逸らし方がいよいよ雑すぎるわ！……そんなことより、今日は少々ボりすぎじゃあないかい、飛鳥さんや」

「うーん、じゃあ、例のゲームコーナー三番勝負の結果で、ケンが二勝したら、レートを1・0に引き下げてあげてもいいけど」

「お、マジか。その言葉、後悔《こうかい》しても知らないぞ」

「後悔した。じゃ、取り消しで」

「ごめんなさい。調子こきました。その条件で、勝負させて下さい」

「しゃーないわねぇ。……あ、ケン、お風呂ついたわよ」

とりとめもないやりとりをしていると、ようやく、風呂についた。

よっしゃ！　ここから先は、俺のパラダイス！　俺は飛鳥を差し置いて、勢《いきお》いよく、男湯の方へと――。…………。…………？……男湯？

「男湯？　女湯？　あれ？　混浴なのにどうして――ああ、脱《だつ》衣所だけは分かれて――」

「あ、ごめん。さっきの混浴っていうの、普通《ふつう》に嘘《うそ》。じゃ、またゲームコーナーで」

「あぁぁぁぁぁぁすぅぅぅぅぅぅぅぅぅぅかぁぁぁぁぁぁぁぁぁぁぁぁぁああ！」

叫《さけ》んだ時には、もう、飛鳥は女湯に消えていた。なんかもう、いつもの俺達すぎた。

＊

「ふぅ……」

露天《ろてん》風呂に浸《つ》かりながら、一息つく。関東とはいえ、まだ三月の風は肌《はだ》に冷たい。湯船から出た顔だけが冷えていく。でも、それがかえって心地《ここち》良い。

普段《ふだん》からガラガラの旅館なのか、それとも飛鳥が空《す》いているところを手配したのか、男湯の露天風呂には俺しかいなかった。ちょろちょろと、お湯が注《そそ》がれる音だけが空間を満たしている。空には満天の……とまではいかないが、つい眺めてしまうぐらいには綺麗《きれい》な星空。

「……なーにしてんだ、俺は……」

呟《つぶや》き、両手で顔に湯を当てる。……明日《あした》はもう卒業式だってのに。皆《みんな》と過ごせる、最後の、貴重《きちょう》な時間だったってのに。俺は今、一人で、温泉に浸かっている。皆に心配かけたまま。……ハーレムの主《あるじ》として、失格もいいところだ。

でも……と、飛鳥から来た電話のことを思い出す。

昨日の飛鳥は、やっぱり、おかしかった。今でこそこうしてふざけあっているが、昨日電話してきた時の飛鳥には……俺に少しの反論もさせない威圧感《いあっかん》が、あった。

正直《しょうじき》な話、今の俺からすれば、元恋人《こいびと》たる飛鳥の理不尽《りふじん》な呼び出しと、生徒会メンバーとの最後の日常なら、迷《まよ》わず生徒会の方をとる。それは、誰かを天秤《てんびん》にかけるとか以前の、根本《こんぽん》的な物事の重要度の違いだ。大事な卒業式と、いつものワガママ、どちらが重要かという話だ。

少なくとも、本題さえぼかされた状態で、こんなところまでひょこひょこ言われるがままにやってきてしまう理由なんて……普通に考えれば、ないはずなんだ。

なのに。

断《ことわ》れなかった。

昨日の飛鳥には、そういう、俺の意志なんか介在《かいざい》する余地のない、何かが、あった。

ここに来なきゃいけないって思わせる、何かが。

だからこそ俺は、生徒会に早く帰りたいって理由だけじゃなくて、飛鳥にそこまでさせる「本題」に関して、何度も質問を続けていたのだが……結果は、このザマだ。

「朝一で帰れば、卒業式に間に合うよな……」

唯一《ゆいいつ》の救いは、それだけだった。うちの学校、卒業式自体は午後一時からの開始となっている。明日朝の飛行機に乗れば、充分《じゅうぶん》に間に合う。

みんな、怒《おこ》ってるかな……。怒ってるだろうな……。こんな忙《いそが》しい時に……最後の一時《ひととき》に、元彼女と会ってましたなんて。どう説明したらいいものやら。はー……。

ぶくぶくと、顔の下半分を湯に沈《しず》めてみる。あーあ、ホント、どうしよ——


「ケーンー？　いるー？」


「？」

飛鳥の声が聞こえてきて、慌《あわ》てて、湯船から顔を出す。すると再び、声。

「ケーンー？」

周りを見渡《みわた》すも、姿は無し。そりゃそうだ。ここは男湯。混浴は嘘だったし。

じゃあ……。

「飛鳥？」

「お、ケン。やっぱり露天風呂にいたね」

やっぱり？　む、飛鳥のことだから、また盗撮《とうさつ》カメラなんかで俺を観察してはゲラゲラ笑ってるのか——って。

「あ、そっち女湯なのか」

「そ。ここの露天風呂、この薄《うす》い仕切りで、男湯女湯区切られてるだけなの」

見れば、なるほど、湯船の終わりに竹で出来た仕切りがある。男湯と女湯の露天風呂の間にアレしかないのだとすれば、飛鳥の声が聞こえても納得《なっとく》だ。うんうん、納得納得。

……………………………………さて……………………………。

「なんかチャプチャプこっち寄ってくる音が聞こえてるけど、アンタ、覗《のぞ》き穴探《あなさが》してるでしょ」

「…………。……な、ナンノコトヤラー」

目を皿のようにして穴探ししていた仕切りから、そぉっと、離《はな》れる。飛鳥は向こう側で、「ひひひ」と、魔女《まじょ》のような笑いを漏《も》らしていた。くそ……今の俺はあの頃《ころ》とは行動原理変わってるはずなのに、まだ先読みしてくるか、コイツ！

俺の動揺《どうよう》を見透《みす》かしたように笑いながら、飛鳥は、続けてきた。

「ま、どちらにせよ残念だったわね。こっち覗いても、今は私しかいないわよ。ガッラガラだから」

いや、飛鳥がいれば充分なのだが……と思ったが、シャクなので、言わない。

「あー、こっちもガラガラだぞ。だから話しかけてきたのか」

「そりゃそうでしょ。他人の迷惑《めいわく》も考えずに男湯に話しかけるほど、私は非常識じゃないよ」

「あー、お前、外面《そとづら》はいいからな」

「そんな、照れるわ」

「いや、あんまし褒《ほ》めてねーから」

「ねえ、ケン。そんなことより、今あなたに話しかけたのは、他でもないの」

「お、遂《つい》に本題話す気になったか。確かに、いいタイミングかもしれないな。よし、聞かせてくれ」

俺は彼女の声がよく聞こえるよう、仕切りの側の湯船の端《はし》に背を預《あず》ける。きっと、飛鳥もこちらに背を向け、同じようにしているんだろうなと思った。

星空に見守られる中……飛鳥は、ゆっくりと、厳《おごそ》かな口調で……告げてきた。

「キミは、幽霊《ゆうれい》を、信じますか？」

「本題どこ行ったぁあああああああああ！」

絶叫《ぜっきょう》する。飛鳥はしかし、淡々《たんたん》と続けてきた。

「ばかね、ケン。これこそ、ある意味本題よ。アンタ、ここをどこだと思ってるの？ あの有名な、幽霊旅館よ！」

「だからかっ！　だから客少なかったのか、ここ！」

「？　ケン、知ってて来たんじゃないの？」

「知るかっ！　っつうか、お前まだそっち方面好きなのか！」

「か、勘違《かんちが》いしないでよね。私が一番興味《きょうみ》あるのは、宇宙人方面なんだからね！」

「ツンデレ風味で言ったらなんでも可愛《かわい》くなると思うなよ！」

「あら、不思議系《けい》っぽくて可愛いじゃない、私の超常《ちょうじょう》現象好き」

「その趣味《しゅみ》のおかげで過去俺がどんだけトラブルに巻き込まれたか、お忘れでしょうか？」

「そんなことより、ケン、聞きなさいよ。ここ、幽霊出るのよ。特に男湯の露天風呂での目撃《もくげき》例が多いわけ。となれば、ケン」

「なんだよ」

　俺の問いに、飛鳥はしばし沈黙《ちんもく》を保ち……場の空気が落ち着いたタイミングで、しっとりと言葉を漏らす。

「……ごゆっくりと、ご堪能《たんのう》あれ……」

「何を!?」

「……目をこらして、ごらん下さい……」

「だから何を⁉」

「……ごらん頂《いただ》けただろうか……。……今のシーン……」

「どのシーン⁉　なんかいたの⁉　俺の視界に、なんか映《うつ》ってたの⁉」

「……もう一度、拡大スローで、ごらん頂きたい……」

「俺の眼球にそんな機能はありませんがっ！」

「……彼女は、この青年を迎《むか》えに来た死神だとでも、言うのだろうか……」

「そんな系統《けいとう》のが視界に居《い》たの⁉　マジで⁉　俺、本日二度目の命の危機⁉」

「……コッチニ、オイデ……」

「霊《れい》のセリフ的なものまでつけないでくれます⁉」

「………」

「テンション下がること言って黙《だま》るのやめろ！　怖《こわ》いから！　実際怖いからこの状況《じようきよう》！」

「さ、あがろっと」

ざばぁと、湯船から飛鳥が立ち上がる音。

「いや、行くなよ！　そのフリした上で、俺を一人にするなよ！」

「♪　んーふー。んっふふふー♪」

「映画『リ○グ』のメロディを鼻唄《はなうた》にフェードアウトしないでぇ―――――！」

「なによ、うるさいわねぇ、ケン。そんなに騒《さわ》がしくしてたら、霊も逃《に》げちゃうわよ」

「よっしゃ！　今から一人裸《はだか》祭りじゃぁー！　わっしょい！　わっしょい！」

「なにそれ、面白《おもしろ》そう！　わっしょい、わっしょい！」

「変なとこだけ食いつくな！　つうか普通に湯船に戻《もど》れ！　そして、本題を話せ！」

「ふぅ……やれやれ、ケン君ったら♪　いつまでたっても、手がかかるんだから♪」

「そのわざとらしい幼馴染《おさななじみ》キャラ、殺意わくほど腹立つんだけど！」

「もう……今日だけだゾ☆」

「ありがとうございますねぇ！」

飛鳥が再び湯船に戻る気配《けはい》。俺は一つ嘆息《たんそく》し……そして、改めて、訊《たず》ねなおした。

「で？」

「で、というと？」

「………なあ、もう、ホント、真面目《まじめ》にやってくれないかな。……俺今、割と本気で余《よ》裕《ゆう》ねぇんだよ……」

「わかってるわよ、それくらい」

「やっぱりか」

この……悪魔《あくま》め。

俺が押《お》し黙ると、今度は、飛鳥が、「はぁ」と大きくため息をついた。

そうして……今までのふざけた様子をかき消し……昨日の電話と同じトーンで、ピシャリと、告げる。

「本当に本題を切り出すべきなのは、私じゃないでしょ、ケン」

その、言葉に。

俺は、なぜか心臓をわしづかみにされたような気分になりながらも……喉《のど》から声を絞《しぼ》り出すように、返す。

「……なんだよ、それ」

「そういう『わざと察しない』とこ。私の短所であると同時に、アンタの短所でもあるんだよ、ケン。気付いてる？」

「………………」

思わず、星空を見上げる。……ああ。……その通りだなと、思った。だから……。

「ごめん」

「ん。そっか、そこで、すぐ謝《あやま》るか。ふーん。そういうとこは、アンタ、成長したよ」

「そりゃ光栄」

「でも、まだちょっと及第点《きゅうだい》及《およ》ばずだね」

「厳《きび》しいな、飛鳥は」

「私はいつだって、アンタに一番厳しくて、一番優《やさ》しい人間でいたいと思ってるから」

「……そうか」

星を見上げたまま、深く、息を吐《は》く。飛鳥も同じようにしていることだろう。残念なことに、二年離れていたって、あいつのことは、手に取るように分かる。

だから。

もう、本題なんか、聞くまでもなく、気付いていた。

もう、本当は、言葉なんか、要《い》らなかった。

だけど、飛鳥は。

誰《だれ》よりも俺に厳しく、誰よりも俺に優しく、そして、誰よりも俺を理解しているのだろう、飛鳥は。

本当は、彼女だって切り出したくないであろう、その『本題』を……淡々《たんたん》と、語り出す。

「ねえ、ケン」

「ん……」

水の音、湯煙《ゆけむり》、そして月光の中で。

俺は……逃《のが》れられない……逃げるわけにはいかない、その言葉を、突《つ》きつけられる。

「アンタにハーレムは、作れないよ」

「……そんなこと、ないんじゃないかな」

俺は、ただそう返すしかない。しかし……飛鳥はやっぱり、それだけじゃ、許してはくれなかった。俺の一番脆《もろ》い部分を知っている……飛鳥だから。

「もっと言おうか。アンタに二股《ふたまた》は、無理よ、ケン。だから、生徒会を自分のハーレムだなんて言ったり、複数の女の子を愛そうとするなんて自傷行為《じしょうこうい》は、もうやめなさい」

「はは、厳しいなぁ。こう見えて俺、結構《けっこう》モテるようになったんだぜ」

「あっそ」

「あっそって、お前……」

「そんなことどーでもいいの。アンタは元々カッコよくて優しくて、少なくとも私にとっては、世界で一番素敵《すてき》な男だもの。そんなの、モテて当然よ」

「お前、なんでそういうセリフを淡々と言えるわけ？」

「ただ、ケンに二股は無理。アンタは……それに耐《た》えられるような男じゃ、ないわ」

「酷《ひど》いな。俺だって、この二年間結構努力して――」

「努力でどうにかなることじゃないの。これは、本質の話だから。杉崎鍵《すぎさきけん》っていう人間の、本質の話だから」

「俺の本質？　そんなの、ただの性欲魔神《せいよくまじん》だぜ」

「違《ちが》うわ。アンタの本質は、筋金《すじがね》入りのお人好《よ》しよ。端的《たんてき》に言うなら、『善』かしら。圧《あっ》倒的《とうてき》な善。うざったいぐらいの善。腹の立つほどの、善。迷惑《めいわく》なぐらいの、善」

「善善言ってる割には、全然褒《ほ》められてる気がしないな、なんつって」

「別に褒めてないからね」

「ドライな返しですこと」

「アンタは私を悪魔やら魔女《まじょ》やらと言うけど、それは、ええ、その通りだと思うわ。私は他人を傷つけても自分が幸福になりたいと考える、そういう、利己《りこ》的な人間だから。そういう意味じゃ、私みたいなのこそ、ハーレムの主向きなの」

「…………」

それに関しては俺も少し反論したかったが、今は、黙っておくことにした。

「でも、ケン。貴方《あなた》はそれの真逆じゃない。他人の幸福が、自分の幸福に直結するタイプだもの。……どうしようもないわ」

「なんでだよ。いいじゃないか。ハーレムの主、ぴったりだ。沢山《たくさん》の女の子を幸せにして、俺は、とってもハッピーだ」

「無理よ。そんなのは、最初から、成り立たないわ」

「だから、なんでだよ」

その質問に。飛鳥は、大きな溜息《ためいき》をついた。……今から、彼女が何を言おうとしているのか、俺は、もう、大体察しがついている。

それを言わせることは、彼女にとってだって辛《つら》いことだと、俺は、分かっている。

でも、逃げちゃいけない。ここで逃げる人間に……彼女達の卒業を見送る資格は、無い。

だから、飛鳥は、今日ここに俺を呼び出した。

だから、飛鳥は、二年前と同じ選択《せんたく》を、俺に、もう一度迫《せま》っている。

相変わらず、ハズレクジを、引いてくれている。

彼女のためにも、
俺はもう、逃げられない。

「ねえ、ケン。例《たと》えば私が、今でも貴方を好きだって言ったら……どうする」

「嬉《うれ》しいと思う」

それは、素直《すなお》な気持ちだった。飛鳥は「そう……」と呟《つぶや》き、クスッと、少しだけ嬉しそうに笑った。

しかし……そこから先を、彼女は、無機質に、続ける。

「そんな私の気持ちを受け入れるってことは……私も、貴方のハーレムの一員に、数えられるって、わけよね」

「……そうだな」

「もう一度確認するけど。貴方の最大の幸福って、好きな人が……大切な人が、幸福であることよね？」

「その通りだ」

「じゃあ、私はまだアンタにとって……大切な人かな？」

「文句なしに大切な人だ」

迷《まよ》い無く答える。飛鳥は「そう……」と今度は寂《さび》しく微笑《わら》い。続けて、「だったら……」と、本題を……ある問いかけを、口にする。

それは、俺がハーレムを目指《めざ》す限り、避《さ》けては通れない、言葉。

飛鳥が、悪役を買って出てまで言ってくれる、言葉。

二年前のことから今まで。

全《すべ》てを通して、ずっとずっと俺を苛《さいな》み続けた、言葉。
俺を好きになってくれる誰かが、いつ言っても仕方なかった言葉。
皆《みんな》の優しさに甘え、逃げてこられた、言葉。
それを。
二年前と同じく。
また。
彼女が……誰よりも優しい彼女が、代表して、投げかけて、くる。
「ケン、私だけを見て。アンタが私だけを見てくれないと、私は、幸せに、なれない」
…………。
いつの間にか夜空は、どこを見ても、真っ黒だった。

私立碧陽学園生徒会

Hekiyoh School student council

あとがき

こんにちは、葵《あおい》せきなです。未《いま》だにこの挨拶《あいさつ》で、「初めましての方は初めまして」的文章を入れるかどうか迷います。七巻と言えど、初めての方（最新刊の立ち読みで、あとがきを見ている方とか）がいるとは思うのですが、それ言い出すと何百巻やってても結局同じ文章書かなきゃいけない気がするので、そろそろいいかなぁとも。

というわけで、皆さんご存知、葵せきなです。……いやこれも違わないか？　自意識過《か》剰《じょう》作者もいいところじゃないか？　じゃあどう始めるのが最適なのか。

どうも、皆のアイドル、葵せきなです。……最悪です。

どうも、漆黒のカオス、葵せきなです。……ある意味、ライトノベル作家の鑑《かがみ》！

どうも、穢《けが》れた社会に革命を！　葵せきなです。……投票してくれていいんだぜ？

というわけで、どうも、毎日ゲームしている人です。うん、しっくりきた。

生徒会シリーズも本編は七巻目。短編集入れると九冊目までやってまいりました。一巻を読んだ後、最新巻読んでも話についていけてしまうライトノベルって、この作品ぐらいなんじゃないでしょうか。それが正しいことかどうかは、怖いので考えるのをやめますが。

とはいえ、そうは言いつつ今巻は割と「物語」が進んでいる巻だったりします。既読の方は共感して貰《もら》えるでしょうか。そうなら嬉しいのですが。

外伝はさておき、本編としては、一番「生徒会役員以外」のキャラが登場している巻であったりもします。そういう意味で、生徒会室ということは同じでありながらも、今までの巻とちょっと変化をつけてみたつもりなのですが……どうでしょう。

でも毎回言ってますが、今後の展開も基本は「ぐだぐだな駄弁《だべ》りありき」ですので。今巻みたいにちょろちょろ会話でシリーズの核心には触れ出しますが、まあ、最終巻になっても、この配分はほぼ変わらないと見て貰っていいと思います。というか、そう書けるよう、細心の注意を払いたいと思います。

とまあ色々言いましたが、実は、次に出るのはまた外伝の方だったりします。うーん、ドラマガ短編溜《た》まるのが早い。というか、書きおろす量も多い。

外伝とは言ってますが、こっちはこっちで「二年B組」関連が完全にシリーズとして独立し始めていたり、生徒会本編でやれないことをやれまくるので、正直なところ、本編と同じぐらい気合い入れて書いてたりします。なので、もし本編しか読まれていない方がいたら、よろしかったら、こちらもご覧になってみて下さい。基本は本編と同じノリで、青春成分が二割増し、ぐらいの内容です。時折、生徒会以上のアホ話もありますが。

あ、そんなわけで次の短編集は、春頃発売です。今すぐ書店にダッシュ！……は、しなくていいです。予約さえ受け付けてない可能性大です（２００９年12月現在）。


私の日常はと言えば。

専業作家で大した冊数も出してないくせに、世間様へ「忙しい」とかって言うのもなんか違うとは思うのですが、私個人の今までのスケジュールとの比較で言わせて貰うと、ここ半年ぐらいはちょっとドタバタしておりました。

アニメの放映があったのが大きいのかな。あ、勿論《もちろん》私がアニメ作っているとかそういうわけじゃなくて、放映に付随して、色々やること、考えるべきことが多かったといいましょうか。

なので、ブログでもあとがきでもゲームゲーム言ってますが、ここ半年においては、言うほど廃人っぽいこともなかったり。本気で一日一～二時間とかだもの。それでも一切《いっさい》やらない人に比べればやっているとは思いますが、私的にはちょっと驚き。ゲームと健康的な付き合いが出来るなんて……。

ただ、健康的な付き合いとは言いましたし、こういうプレイ時間が正しいことは理解出来るのですが、それでも、正直一長一短だなと感じてしまったりもします。短い時間、長期に亘《わた》ってやるゲーム。

私の根気が無いのが主な原因ですが、RPGとか、何十日にも亘ってちまちまやっていると、終盤なのに先の展開とかがどうでもよくなってしまったりして。特に数日やらない期間をおいてしまうと、もう駄目で。物語のいいところなのに、キャラの状況とかを忘れてしまって、気分が盛り上がらないことがしばしば……。

勿論、ゲームは健康的にやるのが一番ですが。テレビで映画やる時にCMで興《きょう》が削《そ》がれることとあるのと同じで、「一気にのめりこんでこそ楽しい部分」っていうのも、少なからずあるんだなとは実感しました。難しいとこなんですけどね。一日に十時間とかやって、へとへとの状態で続けるのも違うとは思うし。

そう考えると、小学生の頃はちゃんと時間を守って、なおかつモチベーションを保てていたのがちょっと不思議。ただあの頃は、「テレビゲームという行為自体」が面白《おもしろ》かったのもあるし、今と違って、そこまで複雑な話のゲームは少なかったからかなとも。

で、なにが言いたいかというと、そういう意味じゃ、生徒会みたいなダラダラして話の進まない作品も、そう悪くないんじゃないかなぁと、自分の作品フォローに繋《つな》がるという驚きのオチ。なんと葵せきなは策士《さくし》です。正直、四秒前にこのオチ思いつきましたが。

さて、今回の謝辞《しゃじ》。まず、私なんかより遥《はる》かに様々なイラスト描き下ろしに引っ張りだこだった狗神煌《いぬがみきら》さん。ホント、いつもありがとうございます。ここ数ヶ月、どこもかしこも生徒会だらけで、狗神さんの作業量を思うと……足を向けて寝られません。

そして、今や家族よりダントツで会話時間の長い担当さん。「俺、ラーメン屋とかやろうかな。全く理由ないけど」みたいな、最悪にどーでもいい話にまでフッーに付き合ってくれる担当さん。貴女《あなた》がいなければ、私は家でゲームと食事と睡眠《すいみん》しかしない人間になっていたでしょう。ありがとうございます。貴女のおかげで、私は、ゲームと食事と睡眠と無駄話が出来る人間になれました。

そして、何よりまだ付き合ってくれている読者の皆様、本当にありがとうございます。これからも妙なグダグダ感を、一緒に楽しんで頂ければ幸いです。

葵　せきな

富士見ファンタジア文庫

生徒会《せいとかい》の七光《ななひかり》

碧陽学園生徒会議事録7

平成21年12月25日　初版発行

著者——葵《あおい》せきな

発行者——山下直久

発行所——富士見書房

〒102-8144
東京都千代田区富士見1-12-14
http://www.fujimishobo.co.jp
電話　営業　03(3238)8702
　　　編集　03(3238)8585

印刷所——暁印刷
製本所——BBC

2009 Fujimishobo, Printed in Japan
ISBN978-4-8291-3468-9 C0193